# OPISKELIJAN USKO KOETELLAAN

## MERJA HAUTANEN

Koetuksissa usko huomataan kallisarvoisemmaksi kuin katoava kulta.

OPISKELIJA SARJA:
1. Opiskelijan uskontunnustus
2. Opiskelijan usko koetellaan

© 2024 Merja Hautanen
Kustantaja: BoD · Books on Demand, Mannerheimintie 12 B, 00100 Helsinki, bod@bod.fi
Kirjapaino: Libri Plureos GmbH, Friedensallee 273, 22763 Hampuri, Saksa
ISBN: 978-952-80-9480-7

*Jatkoa kirjalle Opiskelijan uskontunnustus*
*Tosikertomuksessa nimet on muutettu ja tarinassa voi esiintyä myös*
*muuta epätarkkaa kerrontaa henkilöllisyyden suojaamiseksi.*

# OPISKELIJAN USKO KOETELLAAN

Elokuun viimeisenä päivänä, Ella istui pohjoiseen menevässä junassa katsellen ikkunasta ulos ja todeten, ettei sää ollut enää kovin lämmin. Hän oli pukeutunut mustiin housuihin ja valkoiseen pusakkaan, mutta vaatetus ei suojaisi kylmältä viimalta. Junan ikkunasta näki, kuinka puiden latvat taipuivat tuulessa ja ilma vaikutti kylmemmältä kuin mitä se oli ollut kotoa lähtiessä. Olihan juna tuonut häntä parisataa kilometriä pohjoisemmaksi.

Ella alkoi kerätä junan istuimelta tavaroitaan ja työnsi ne huolellisesti vaaleanpunaiseen reppuunsa. Sitten hän heitti repun selkäänsä junan vielä edetessä kiskoillaan, nousi istuimeltaan muiden matkustajien tavoin ja alkoi kävellä kohden poistumistietä.

Junan radio alkoi rätistä. "Ja seuraava asema on Karhala", selkeä naisääni kuulutti. "Hetkinen, poistukaa junan oikean puoleisista ovista", kuuluttaja vielä lisäsi ja sitten radio sulkeutui.

Ella ei tiennyt, mikä häntä odottaisi. Hän ei ollut koskaan aikaisemmin käynyt tässä kaupungissa, eikä tiennyt mihin suuntaan hänen pitäisi asemalta lähteä, tai millä tavalla hän järjestäisi itselleen kyydin metsäiselle sivukylälle, Järvenhelmen puutarhalle. Olisi liian kallista käyttää taksia. Ehkäpä hän voisi kävellä tuon kolmentoista kilometrin matkan harjoittelupaikkaansa, sillä syrjäiselle seudulle ei ollut bussiyhteyksiä.

### Karhalan asema

Ettei herättäisi huomiota, Ella poistui junasta mahdollisimman itsevarmasti. Hän oli tottunut varautumaan, koettelemaan kaiken ennen kuin luottaisi keneenkään tuntemattomaan ja olemaan yleensäkin mieluummin liian varovainen kuin luottavainen.

Jo hyvin nuorena hän oli lähtenyt toisten aktiolaisten mukaan kadulle evankelioimaan, ja tuolloinkin hän oli seurannut valppaana ympäristöään. Kulunut vuosi sisäoppilaitoksessa oli auttanut keräämään lisää elämänkokemusta, mutta jokainen eteen tullut tilanne olisi uusi ja erilainen. Olihan hän jo seitsemäntoistavuotias, mutta ehkä sekään ikä ei ollut riittävä, selviytyäkseen kovin suurista haasteista.

Juna joka oli jarruttanut jo hyvän matkaa, pysähtyi lopulta pienen asemarakennuksen eteen. Vanhempi nainen, joka vaikutti kokeneelta matkustajalta, painoi junan ulko-oven vieressä olevaa mustaa nappia. Ovi tuntui olevan jumissa. Hän painoi uudestaan vielä kahdesti, jonka jälkeen ovi vihdoinkin aukesi. Matkustajat alkoivat työntyä junasta ulos ja astelivat määrätietoisesti oikealle, asemarakennuksen ohitse vievälle tielle. Ella tunsi epävarmuutta. Minne suuntaan hänen pitäisi lähteä? Hän näki vanhan naisen lähtevän vasemmalle ja ajatteli lähteä kulkemaan tämän perässä. Eiköhän se ajan kanssa selviäisi, missä kohtaa kaupunkia hän nyt oli, ja miten tulisi jatkaa eteenpäin.

Jo junasta ulos astuessaan, hän oli kiinnittänyt huomiota asemalaiturilla seisovaan hoikkaan, tiukkailmeiseen keski-ikäiseen naiseen, joka vaikutti seuraavan matkustajia haukan katseen tarkkuudella. Joku saalistajako, Ella pohti mielessään. Asemalaituri oli oikealla ja tämä oli yksi syy miksi Ella valitsi suunnakseen lähteä vasemmalle, ettei vain vahingossakaan joutuisi tekemisiin kyseisen naisen kanssa. Hänen kokemattomuutensa ei saisi tulla ilmi, sillä siitä ei seuraisi mitään hyvää.

Ella ei kuitenkaan ehtinyt edetä kuin muutaman askeleen, kun tiukkailmeinen nainen keskeytti hänen etenemisensä. "Hei siellä!" hän huusi Ellalle.
"Minne olet menossa?"

Ella pysähtyi kauhistuneena ja hänen silmänsä laajenivat nähdessään, että nainen tuli juoksujalkaa suoraan kohti. Katse oli niin tiukka, ettei Ella uskonut olevan mitään mahdollisuutta paeta tämän tiukan naisen otteesta, joka oli kaikkien matkustajien joukosta seulonut juuri hänet kohteekseen. Hän oli urheilija ja nopea juoksemaan, mutta niin vaikutti olevan tämä nainenkin. Ella ei keksinyt minne tilanteesta

pakenisi, joten hän päätti kuunnella mitä naisella olisi sanottavaa.

"Oletko Ella", nainen kysyi suorasukaisesti. Ellan hämmästys syveni entisestään. Hänen päässään olevat kootut palapelin palaset sekoittuivat täysin. Miten kukaan tällä uudella paikkakunnalla, saattoi tietää hänen nimensä?

"Olen täällä sitä varten, että isäsi soitti ja kertoi sinun olevan tulossa tällä junalla Karhalaan", nainen selitti terävästi.
"Mistä isäni tuntee sinut?" Ella ihmetteli.
Naisen ääni pehmeni hieman. "Olen Karhalan seurakunnan evankelista ja olen tavannut isäsi. Ajattelin, että tulen suoraan juna-asemalle tavoittaakseni sinut. Se oli helppoa!" hän naurahti. "Katsoin tarkkaan junasta lähteviä ihmisiä ja sinut erotti todella helposti, sillä lähdit eri suuntaan kuin toiset matkustajat", nainen hymyili voitonriemuisesti.

Ellaa harmitti. Hän oli yrittänyt esiintyä niin varmasti, ettei hänen kokemattomuutensa olisi huomattavissa, mutta nyt hän oli kuitenkin erottunut näyttävästi muista matkustajista. Hän painoi asian mieleensä vastaisen varalle.

"Minulla on auto aseman edessä. Vien sinut meille ja saat tutustua myös mieheeni, Voittoon. Minun nimeni on muuten Vanamo", nainen esittäytyi kuin puolihuomaamatta. "Laitan ruokaa, syömme ja menemme sitten myöhemmin harjoittelupaikkaasi Järvenhelmen puutarhalle. Vien sinut sinne autollani." Vanamo oli suunnitellut kaiken valmiiksi.

------------------------------

Ehkä kaikki ei mennyt niin kuin Ella oli olettanut, jos hän yleensä oli olettanut mitään, mutta ainakin hänen mielessään pyörivät kysymykset olivat saaneet vastaukset. Tutustuttuaan Vanamoon ja Voittoon, hänet vietäisiin määränpäähänsä, Järvenhelmen puutarhalle.

## 2.

Jo pari kuukautta aikaisemmin, Ellan kitara ja uusi polkupyörä oli toimitettu sedän autolla puutarhalle. Hän muisti miten vaikeaa oli ollut löytää oikea puutarha. Lopulta kaupungin laidalla olevasta pienestä kukkapuutarhasta oli neuvottu, että hänen etsimänsä paikka sijaitsi yli kymmenen kilometrin päässä, Vehkalan kylässä.

Ajettuaan useita kilometrejä synkän metsän keskellä luikertelevaa päällystämätöntä, kapeaa hiekkatietä, he olivat lopulta kääntyneet oikealle, Vehkalankylään vievälle tielle. Tämän risteyksen lähettyvillä oli ollut kaksi taloa, ja toisesta talosta Ella oli pysähtynyt kysymään lisää ajo-ohjeita.

Tuo kesäinen päivä palautui nyt hänen mieleensä. Hän oli koputtanut matalan tiilitalon oveen, astunut sisään ja keinutuolissa istuvalta nuorelta mieheltä, jonka hiusraja ulottui huomattavan pitkälle takaraivoon, hän oli saanut tietää että puutarhalle olisi matkaa vielä muutamia kilometrejä.

Sen jälkeen he olivat ylittäneet pienen puron ja jatkaneet matkaansa tietä pitkin, joka mutkaisuudestaan päätellen oli raivattu lehmien laidunpolun mukaisesti. Lopulta he olivat saapuneet keskelle suurta aukeaa, jossa paloivat kasvihuoneiden valot. Näissä kasvihuoneissa kymmenettuhannet taimet odottelivat hoitajaansa.

Ella oli tuolloin tavannut puutarhan johtajapariskunnan. Sinä kauniina kesäpäivänä hän oli ollut pukeutuneena siniseen puseroon ja siniruudulliseen hameeseen. Oliko asuvalinta sittenkään ollut oikea, sillä hän oli tuntenut pariskunnan arvioivan katseen olemuksessaan ja jäänyt epävarmaksi, oliko arvio myönteinen, vai kielteinen.

Ellalle oli kyllä kerrottu, että hän oli liian nuori heidän puutarhalleen, sillä heidän työnsä oli niin raskasta, että harjoittelijan suositusikä oli yli kaksikymmentä vuotta. Pariskunta oli tästä huolimatta hyväksynyt Ellan puutarhalleen harjoittelijaksi ja niinpä hän oli jättänyt polkupyöränsä ja kitaransa harjoittelijoiden asunnolle. Ne olisivat siellä odottamassa, kun hän loppukesästä saapuisi töihin.

Nyt määräaika oli käsillä. Kysymyksessä oli sisäoppilaitoksen järjestämä, ammattiin valmentava työharjoitteluvuosi, joka oli juuri nyt alkamassa.

Jaana, joka oli ollut hänen tukenaan sisäoppilaitoksessa koko teoriajakson ajan, oli sijoitettu harjoittelupaikkaan Pohjois-Suomeen ja tytöt olivat nyt satojen kilometrien päässä toisistaan. Asuinkaveriksi tulisi täysin tuntematon tyttö, mutta se ei suuresti haitannut, sillä uudessa asuntolassa olisi omat huoneet molemmille tytöille, vain keittiö ja WC-tilat olivat yhteiset.
--------------------------

Ella havahtui mietteistään, kun Vanamo pysäytti autonsa kerrostalon eteen. "Me asumme Voiton kanssa tässä talossa, toisessa kerroksessa", hän selitti. "Tulehan, niin mennään sisälle. Ruoka on valmista tuossa tuokiossa."

Voiton pitäessä yllä hilpeää tunnelmaa, Vanamo tarjosi Ellalle lupaamansa aterian, kesäkeittoa. Ella ei ollut tottunut kesäkeittoon, mutta tämä keitto maistui todella hyvältä. Hän olisi saanut jäädä Vanamon luokse yöksikin, mutta tyttö halusi päästä mahdollisimman nopeasti uuteen asuinpaikkaansa. Niinpä ruokailun jälkeen Vanamo ja Voitto kyyditsivät tytön metsäisen taipaleen läpi puutarhalle.

Ennen kuin heidän tiensä erkanivat, Ellalle annettiin tiedote, jossa oli merkittynä kaikki seurakunnan tulevat tilaisuudet kuukauden ajalta.

Kiitettyään kyydistä, Ella lähti tarpomaan aukealle, jota ympäröi kuusi suurta kasvihuonetta. Hän kulki aukean oikeanpuolimmaista reunaa, kohden harjoittelijoiden asuntolaa. Sivusilmällään hän näki Vanamon kääntävän autonsa ja lähtevän takaisin kotiin. Ella kumartui etsimään asuntolan avainta ja löysi sen sovitusta paikasta. Oven lukko naksahti auki. Hän oli jälleen ensimmäisenä paikalla valitsemassa asuinhuonetta.

Molemmat huoneet oli sisustettu valmiiksi. Yleisten tilojen oikealla puolella olevassa huoneessa oli valkoiset huonekalut ja vaaleanpunainen päiväpeite, mutta huoneen ikkunasta puuttuivat näköalat, sillä ikkunan edessä oli näköesteenä suuri kasvihuone.

Vasemman puoleisessa huoneessa taas kalusteet olivat vaatimattomat, tumman vihreä hyllykkö, pöytä, sekä ruskea päiväpeitto, mutta ikkunasta avautui näkymä pihapiiriin ja tielle, sekä tien takana olevaan kauniiseen johtajapariskunnan kartanoon.

Ella tiesi heti, kumpi olisi hänen valintansa. Hänelle maisemakysymykset olivat tärkeämpiä kuin huonekalut. Ella kantoi tavaransa vasemman puoleiseen huoneeseen ja polvistui rukoukseen, siunatakseen edessään olevan harjoitteluvuoden.

### Tuire

Vasta seuraavana päivänä Ella sai nähdä harjoittelukaverinsa; noin kaksikymmentävuotias Tuire saapui veljensä kyydillä asuntolaan. Hän oli vaalea ja pienikokoinen hento tyttö, mutta kertoi omistavansa riittävästi voimia tehdäkseen puutarhatöitä.

Vaikka tytöillä oli käytössään omat huoneet, joissa he saisivat viettää aikaansa haluamallaan tavalla, niin siitä huolimatta Ellan mieltä painoi epävarmuus siitä, kuinka Tuire suhtautuisi hänen uskoonsa.

"Olen vanhoillislestadiolainen", Tuire vastasi, Ellan kysyessä hänen näkemystään vapaitten suuntien uskovaisiin.

Vanhasta kokemuksestaan Ella tiesi sen, ettei Tuire voisi pitää häntä uskovaisena, koska hän ei ollut lestadiolainen.

"Äitini on sanonut, että ovat sinun tapaiset kuitenkin erilaisia kuin muut ihmiset", Tuire jatkoi Ellan yllätykseksi. Tästä lauseesta saattoi päätellä, että Tuire hyväksyi hänet asuintoverikseen.

Tuire aikoi viikonloppuisin käydä kotonaan, joten hänelle sopi mainiosti maisemarajoitteinen huone ja hän arvosti enemmän laadukkaampia huonekaluja sekä sisustusta, kuin maisemaa.

Tehtyään alustavaa tuttavuutta toisiinsa, tytöt lähtivät harjoittelupaikalleen. He saapuivat päärakennuksen aulaan, jossa isäntäväki jo odotteli heitä. Tutustumiskierroksen aikana selvisi, että he tulisivat käsittelemään päivittäin tuhansia kurkun- ja tomaatintaimia. Tässä kasvihuoneessa ei ollut muuta viljelystä, mutta näissä tuotteissa joihin he olivat erikoistuneet, oli puutarha saanut hyvät markkinat. Järvenhelmen puutarhan tuotteet tunnettiin laadukkaina ja tämän vuoksi vaatimukset työjäljestä olivat tiukat, sillä maine ei saanut tahriintua.

Johtajapariskunta vanhimman poikansa kanssa, oli itse mukana työssä ja Pertti niminen poika vilkuili tyttöjä innokkaasti vanhempiensa takaa. Pertti oli hiukan vanhempi kuin Ella, mutta nuorempi kuin Tuire. Johtajan rouva, Leena huomasi poikansa katseen ja tokaisi: "Sinä pidät sitten näppisi erossa näistä tytöistä!"

"Kunhan vähän katselen", Pertti naureskeli. "Onhan ainakin silmänruokaa."

Työpaikan johtaja Seppo, väänsi keskusradion päälle.

"Meillä on sitten päivittäin keskusradio päällä", Leena selvensi. "Se kuuluu jokaisessa kasvihuoneessa."

Ellan mieli synkkeni eikä Tuirekaan vaikuttanut ilahtuneelta, vaikka kumpikaan ei sanonut mitään. Jos päivästä toiseen kuuntelisi vastaavanlaista ohjelmaa, tulisiko usko kestämään tämän koetuksen? Uusi ilmapiiri, johon tytöt olivat saapuneet, tulisi asettamaan heidän uskonsa koetukselle.

6

Iltaisin tytöt tutustuivat uuteen ympäristöönsä. Kahdeksan tunnin työpäivän päätyttyä, he käyttivät paljon aikaa ulkoilemiseen. Tuire oli innokas keskustelemaan ja jutteli niitä näitä, heidän kävellessään Vehkalankylän kapeita teitä, milloin minnekin. Ella taas nautti hiljaisuudesta, tallentaen sisälleen uuden alueen tunnelmia ja olotilaa. Hän ei todellakaan haluaisi elää loppuelämäänsä tällaisessa metsikössä. Ihmeellistä, että näillekin alueille riitti asukkaita ja tuntuivat vielä viihtyvän täällä, hän pohti.

### Metsäkämppä

Tuire keskeytti hänen mietteensä. "Mennäänkö sille metsäkämpälle, josta Leena pari päivää sitten mainitsi?" Hän ehdotti.
"Osaisimmeko me sinne?" Ella epäröi.
"Jos emme osaa, tullaan takaisin", Tuire ehdotti.
   Tytöt löysivät kylätien varrelta pienen polun, jota pitkin he lähtivät tarpomaan syvälle metsään.
"Sen pitäisi olla jossakin tällä suunnalla, reilun kilometrin päässä tiestä", Tuire muisteli.

Alueelle ei ollut minkäänlaista tietä, mutta polku johdatteli heidät yhä syvemmälle metsään.
"Meidän on kohta pakko kääntyä takaisin, jos ei sitä metsäkämppää ala löytyä", Ella totesi. "Alkaa jo hämärtää."
"Tuolla puiden oksien seassa vilahti jotakin harmaata", Tuire huudahti. "Olisiko se siellä?"
   He poikkesivat polulta ja lähtivät tarpomaan edessä häämöttävää kiintopistettä kohden. Heidän tullessaan lähemmäksi, oksien lomasta pilkottava rakennus erottui jo selvemmin. Itse asiassa siellä oli useampia harmaita rakennuksia.
   Tytöt pujottautuivat tiheän pensaikon lävitse, metsikön kätköstä avautuvalle aukealle. Oikealla puolella kuului puron solinaa. Kirkas metsäpuro juoksi loivassa risteessä asuinrakennusten editse, tuoden hiljaiseen pihapiiriin raikasta tunnelmaa.

Tuire, joka oli jutellut iloisesti koko kävelymatkan ajan, vaikeni äkisti. Tämä paikka huokui mennyttä aikaa ja siinä oli jotakin hyvin aavemaista, raskasta tunnelmaa. Se oli täysin eristyksessä muusta kylästä.
   Metsän keskellä oleva miljöö vaikutti osittain asutulle, kuin asukkaat olisivat vain lähteneet käymään jossain ja kohta palaisivat. Tai kenties he olivat sisällä rakennuksessa ja tulisivat pian kyselemään, millä asioilla kulkijat liikkuivat. Tosiasiassa asukkaat eivät enää koskaan kumartuisi ammentamaan vettä purosta, tai sulkisi varaston auki jäänyttä ovea.
   Leena oli kertonut, että metsämökissä oli asunut kaksi miestä, veljekset ja molemmat olivat päätyneet lähtemään pois maailmasta metsämökin pihapiirissä, oman käden kautta. Oliko heillä ketään elossa olevaa sukulaista huolehtimassa perikunnan asioista, vai miksi rakennukset oli jätetty siihen kuntoon, kuin ne olivat jääneet veljesten epätoivoisena tapahtumapäivänä?

Metsämökin lisäksi aukealla oli varastorakennus, sauna, kaivo ja puusee. Piha-alueen läpi virtaava puro oli varmasti ollut asukkaille hyvin tarpeellinen ja sen raikas solina oli ristiriidassa muuten autioituneen pihapiirin kanssa.Vesi purossa jatkoi loputonta juoksuaan ja puron matalassa kohdassa saattoi erottaa pohjalla olevat, virtausten puhdistamat kivet.

Tämä oli hyvin omaperäinen ja salamyhkäinen asuinmiljöö keskellä synkkää metsää. Eräällä tavalla niin viehättävä ja kaunis, kaukana kaikesta... mutta niin synkkä...

"Lähdetään jo pois", Ella ehdotti. "Alkaa jo hämärää ja täällä on aavemaista."
Tytöt katselivat vielä hetken hiljaista pihapiiriä ja kääntyivät sitten lähteäkseen.

He harhailivat vähän aikaa hämärtyneessä metsässä kunnes löysivät tutun polun, jota pitkin he lähtivät kulkemaan puutarhalle.

### Eero tutustuu

Muutaman päivän kuluttua tytöt saivat työpaikalleen yllätysvieraan, sillä heidän saapumisensa oli huomioitu ja kylällä asuva poikamies tunsi sisimmässän orastavan toivon. Mies oli pukeutunut parhaimpaan pukuunsa ja kauluspaitaan, pyytäen kasvihuoneen johtajalta Sepolta, että saisi tavata uudet harjoittelijat.

Johtaja tunsi kylällä asuvan poikamiehen ja tiesi hänet tavallaan harmittomaksi. Niinpä hän lupautui viemään miehen kasvihuoneelle tyttöjen luokse, ja poistui kohteliaasti itse paikalta. Siinä kasvihuoneen käytävältä käsin vähän aikaa tyttöjä tarkkailtuaan, vieras päätyi aloittamaan keskustelun Ellan kanssa, joka Tuiren tavoin hätinä edes vilkaisi mieheen vaan keskittyi kiertämään tomaatin latvoja.

Mies rykäisi: "Minun nimeni on Eero", hän sanoi. "Mikä sinun nimesi on?"
"Ella", vastaus kuului vähäsanaisena.
"Asia on nyt niin", Eero jatkoi. "Miten tämän oikein selittäisin?"
Hän mietti hetken ja jatkoi sitten verkkaisesti: "Olen jo neljäkymmentä vuotias. Minun äitini on jo vanha. Tarvitsisin uuden äidin."
"Jaa", tokaisi Ella. "Minä olen seitsemäntoista vuotias."
"Kyllä minä tietysti aika vanha sitten jo olen", mies totesi. Mutta hänen sydämessään syttynyt toivonkipinä ei sammunut kovin helposti.

Johtaja oli mahdollisesti kuunnellut keskustelua huoneen ulkopuolella, sillä nyt hän palasi takaisin. "Jos annettaisiin tyttöjen jatkaa työtään. Minä voin esitellä sinulle vähän näitä muita huoneita", johtaja sanoi miehelle ystävällisesti.

Lähestyvä talvi alkoi tehdä tuloaan ja joka puolella lenteli pudonneita, kellastuneita puiden lehtiä. Työpäivän jälkeen Ella tarkasti polkupyöränsä kunnon ja valmistautui lähtemään seurakunnan tilaisuuteen. Hän oli ollut puutarhaharjoittelijana jo puolitoista kuukautta ja kotiutunut uuteen asuinpaikkaansa. Tai paremminkin niin, että tälle alueelle hän ei koskaan tulisi kotiutumaan! Miten kukaan saattoi asua näin ankeassa paikassa, hän huomasi kerta toisensa jälkeen miettivänsä.

Nyt hän ymmärsi myös sen, miksi kyseinen puutarha otti työsuhteeseen vain yli kaksikymmentävuotiaita. Työ oli todella raskasta. Keveimmät laatikot joita nosteltiin useita kertoja tunnissa, painoivat kuusitoista kiloa. Ella oli kuitenkin laitettu vaativampaan työhön, jolloin laatikot painoivat kaksikymmentä kiloa. Lisäksi kasvihuoneiden välillä kuljetettiin isoilla kärryillä yli sadan kilon kuormia. Pahinta oli viedä tällainen kuorma alamäkeen, jolloin oli pakko juosta ja antaa kärryjen viedä mennessään, ettei lastattu kuorma alamäessä kaatuisi. Iltaisin hän tunsi olevansa loppuun väsynyt, mutta siitä huolimatta hän aina ajoittain lähti pyörällään polkemaan synkkää metsätietä pitkin kaupunkiin. Se oli ainoa tapa, miten hän voisi pitää yhteyttä paikalliseen seurakuntaan, koska alueella ei liikkunut julkisia kulkuneuvoja.

Viikonloppuisin Ella oli niin väsynyt, että heräsi vasta kolmelta iltapäivällä ja oli herätessään edelleen väsynyt. Väsymys painoi nytkin päälle, mutta siitä huolimatta hän halusi lähteä tänään seurakuntaan. Pertti sattui kulkemaan pihamaan poikki ja näki Ellan tarkastavan polkupyöräänsä matkaa varten.

"Minne sinä olet lähdössä?" Pertti huusi Ellalle.

"Seurakuntaan ja ajattelin käydä samalla kaupungilla ruokaostoksilla", Ella vastasi.

"Sitten ei kyllä ole tehnyt tarpeeksi töitä, jos vielä jaksaa ajaa polkupyörällä kaupunkiin ja takaisin", Pertti teki oman arvionsa tilanteesta.

"Miten muuten voisin päästä seurakuntaan, kun täältä ei kulje busseja", Ella kysyi ihmetellen.

Siihen Pertti ei osannut vastata, sillä hänellä itsellään oli auto, jolla ajeli tuon tuostakin kaupungille.

Ella nousi pyöränsä selkään ja matka alkoi. Oli totta, että palattuaan matkalta, kesti pitkään ennen kuin sykkeet tasoittuivat. Yli kahdenkymmenen kilometrin pyöräily raskaan työpäivän päätteeksi, saattoi todellakin olla liikaa. Mutta jos hän ei ollenkaan tapaisi toisia uskovia, kestäisikö hänen uskonsa?

------------------------

Tämän kaupungin seurakunta oli pieni ja ilmapiirissä oli jotakin taistelun tuntua. Ehkä sisäisiä ristiriitoja, Ella pohti. Hän ei osannut tuntemuksiaan tarkemmin kuvailla, mutta ilmapiiri poikkesi hänen aiemmista kokemuksistaan. Raamatun opetus oli kuitenkin tässäkin seurakunnassa hyvää ja mieleen painuvaa. Näitä Ella mietti pyöräillessään autiota metsätietä kaupungille.

## Yöllinen matka

Myöhään samana iltana seurakunnan tilaisuuden päätyttyä, Ella aloitti kotimatkansa.

Lokakuinen ilta yllätti pyöräilijän pimeydellään ja Ella ehti jo katua, että oli lähtenyt tälle matkalle. Kylmä viima puhalsi vasten kasvoja, sormenpäitä paleli ja kämmenet puristivat kylmästä jäykkinä pyörän ohjaustankoa.

Hän ajoi kaupungin läpi, jossa katuvalot antoivat riittävästi valoa kevyenliikenteen väylällä liikkuvalle kulkijalle. Varsinainen koettelemus olikin vasta edessäpäin, sillä käännyttäessä sivukylälle vievälle tielle, ympärille laskeutui täysi pimeys. Asfaltoitu tie loppui ja voimakas töyssy vavahdutti polkupyörää. Sen jälkeen pyörän alta alkoi sinkoilla lukuisia irtokiviä ja sitten... kuoppa, toinen kuoppa. Ellan matka kapealla hiekkatiellä synkän metsikön läpi, oli alkanut.

Hän ajoi nyt suoraan erämaan suuntaan. Pyörässä oleva lamppu valaisi niukasti edessä avautuvaa metsätietä. Tien molemmin puolin kasvoi korkeita havupuita ja metsikön kätköistä kuului lukuisia ääniä, joihin ei päivällä olisi kiinnittänyt edes huomiota. Olivatko nuo sammakoita? Mikä lintu tuo oli? Mikä mahtoi olla tuo, joka juuri nyt liikkui oikealla puolella puiden lomassa? Ehkä jokin eläin? Täytyi olla useitakin eläimiä, koska erilaisia ääniä oli niin paljon. Oksan rasahdus aivan läheltä! Mikä se oli? Metsäpuron lorinaa. Kuulostipa se kauniille näin pimeässä. Puro lorisi samaan tapaan kuin päivälläkin, pimeydestä välittämättä. Jostain syystä metsä tuntui olevan täynnä elämää, vaikka lähestyttiin jo puolta yötä. Petoeläimet liikkuvat yöllä! Oli siellä joitain lintujakin. Mikä lintu tähän aikaan lentelee, pöllö? Lepakoita!!!

Kauhun kangistamat aivot järkyttyivät vieläkin enemmän, kun yksinäinen auto ajoi ohitse. Kyseisellä tiellä ei juuri ollut muita liikkujia päivälläkään ja yön lähestyessä sitäkin vähemmän. Mutta nyt jokin auto lähestyi takaapäin, tuli kohdalle ja ohitti Ellan. Auton valokeilassa pystyi tunnistamaan ohittamansa kohteen. Kaikesta päätellen sieltä huomioitiin, että puolen yön lähestyessä nuori nainen ajoi yksin pimeää metsätietä.

Ohitettuaan Ellan, auto alkoi hidastaa vauhtiaan. Jarruvalot paloivat antaen merkkiä siitä, että autoilija harkitsi pysähtymistä. Vaikutti siltä, että sieltä tarkkailtiin takaa lähetyvän pyörän valoja.

Ella oli valppaana. Mitä hän tekisi? Mitä mahdollisuuksia hänellä olisi täällä keskellä sysipimeää erämaata? Nopeasti hän sammutti pyöränsä lyhdyn ja hidasti vauhtiaan. Jos häntä ei nähtäisi, ei häntä myöskään voisi paikallistaa.

Entä, jos autoilija kuitenkin pysähtyisi, mitä hän sitten tekisi? Pyörä tien reunaan ja hän juoksisi metsään, niin Ella päätti. Hän ei jäisi kyselemään millä asioilla muukalainen liikkui. Suunnitelma oli nyt valmiina, joten hän tarkkasi edessään hidastavaa autoa.

Harhautus saattoi toimia, sillä sammutettuaan pyöränsä valon, autoilija ehkä arveli hänen kääntyneen jollekin metsäpolulle. Ei kannattanut tuhlata enempää aikaa sellaiseen, mikä ei enää ollut näkyvissä ja niinpä kuljettaja lisäsi vauhtiaan, häviten mutkan taakse.

Enää Ella ei uskaltanut sytyttää pyöränsä lyhtyä, vaan jatkoi matkaansa täydessä pimeydessä, kuunnellen metsän ääniä. Yhtäkkiä pelko ja kauhu saivat hänestä täyden otteen. Hän arvioi olinpaikkaansa ja sijaintiaan, tajuten olevansa noin puolivälissä metsätietä. Hän voisi kääntyä takaisin ja ajaa kylälle toista tietä, joka olisi jonkin verran pidempi kuin tämä reitti. Jos hän taas jatkaisi suoraan eteenpäin, matkaa olisi jäljellä enää kuusi kilometriä.

Mutta hän ei pystynyt jatkamaan matkaansa enää kumpaankaan suuntaan. Pyörän vauhti hidastui ja lopulta pysähtyi. Ella oli jähmettynyt paikoilleen. Kauhun lamaannuttamana hän huusi Jeesusta avuksi!

Silloin hän kuuli sisäisen, hiljaisen äänen:
"Katso ylöspäin!"
Kehotusta totellen Ella nosti katseensa tummalle yötaivaalle ja silloin hän yllättyi! Vaikka sysipimeä metsä ympäröi hänet joka puolelta, niin taivas oli tähtikirkas, ja jostakin tuolta tähtien takaa tuli vahva tietoisuus: "Isä Taivaassa seuraa tätäkin matkaa."

Pelko hävisi. Pitäen katseensa luotuna taivaalle, Ella polkaisi pyöränsä vauhtiin. Yläpuolella kaartuvalta tähtitaivaalta tulvaili Jumalan läsnäoloa ja siinä pyöräillessään hän alkoi laulaa hengellisiä lauluja. Metsän äänet peittyivät hänen laulunsa alle ja muutamat jäljellä olevat kilometrit taittuivat nopeasti. Hän käänsi jo pyöränsä Vehkalantielle ja huokaisi: "Kiitos hyvä Jumala, että autoit jälleen kerran."

## Piilopaikka

Parin päivän kuluttua tyttöjen viettäessä iltaa asuntolassa, Ella sattui tulemaan keittiöstä huoneeseensa ja näki kuinka joku mies polkupyörineen vilahti ikkunan ohitse. "Se on Eero!" Ella ajatteli kauhuissaan. Eero oli jo pihassa, eikä hän saisi lukittua ovea Eeron huomaamatta. Hänen täytyisi äkkiä piiloutua, mutta mihin?

Hän katsoi omaa huonettaan, siellä ei ollut piilopaikkoja. Hän vilkaisi Tuiren huoneeseen... voi ei! Tuire oli saanut kutsun puhelimeen ja niiltä sijoiltaan pinkaissut kasvihuoneelle ajattelematta ollenkaan, mihin kuntoon jätti huoneensa. Ehkä hän oli ollut vaihtamassa vaatteitaan, sillä tytön alusvaatteet olivat levällään lattialla. Kamalaa, Ella kauhisteli. Eikä täälläkään piilopaikkoja!

Raskaat askeleet kuuluivat jo portailla. "WC! Se on ainut paikka! Mutta jos lukitsen WC:n oven niin hän jää ulkopuolelle odottamaan, enkä voi piileksiä WC:ssä koko loppu iltaa. Jos en laita ovea lukkoon, niin hän avaa oven ja katsoo sinne", Ellan ajatus kulki kuumeisesti. "Valot sammuksiin, WC:n ovi auki ja oven taakse piiloon", parempaa ratkaisua hän ei keksinyt.

Ella veti vatsan sisään ja puristautui oven taakse. "Voi ei, peili!" hän henkäisi. Jos mies huomaisi katsoa WC:n peiliin, hän näkisi, että oven takana piilotteli joku. Täytyi vain toivoa ettei mies huomaisi katsoa peiliin. Ella jähmettyi paikoilleen. "Luulkoon vaikka haamuksi", hän sitten tuumi.

Ulko-ovi aukesi. Raskain askelin mies suuntasi Ellan huoneeseen. Sen jälkeen askeleet peräytyivät ja mies astui harppoen Tuiren huoneeseen. Vähän aikaa oli hiljaista ja sitten mies lähti. Näkikö hän Ellan hahmon vessan peilin kautta, vai säikähtikö lattialla lojuvia alusvaatteita, arvellen tulleensa huonolla hetkellä? Sitä ei Ella saanut koskaan tietää, mutta olipa hän ainakin tällä kertaa selvinnyt pälkähästä.
-----------------------


Tuire palasi kasvihuoneelta ja Ella kertoi hänelle mitä oli tapahtunut. Yksissä tuumin tytöt lukitsivat asuntonsa ulko-oven.
"Sillä miehellä ei ollut oikeutta katsoa huoneeseeni," Tuire totesi vakavana.
"Ei minunkaan huoneeseeni", Ella lisäsi.

Näiden tapahtumien jälkeen Ella ei enää uskaltanut iltaisin lähteä seurakuntaan, vaan pysytteli Tuiren kanssa asuntolassa.

Aamuisin töihin lähtiessään he laittoivat perunat liedelle kiehumaan, että ateria olisi valmista kun he parin tunnin päästä tulisivat ruokatauolle. Tämä järjestelmä oli toiminut hyvin, paitsi sinä yhtenä päivänä jolloin Seppo kasvihuoneilla kierrellessään huomasi tyttöjen asuntolasta tulevan savua! Nopeasti hän käsitti, mitä oli tapahtumassa. Tällä kertaa tytöt olivat töihin kiiruhtaessaan erehdyksessä pyöräyttäneet sähkölieden katkaisimen kuutoselle ja pikimustat perunat hyppelivät astiassa Sepon kantaessa savuavan kattilan betonisille portaille. Sinä päivänä tytöt söivät lounaalla pelkästään leipää.

Molempia tyttöjä häiritsi työpaikan keskusradio.

"En sitten yhtään pidä tuosta Rentun Ruususta", Tuire puuskahti, kun tytöt saapuivat asuntolaan lounastauolle.

"Etkö sinäkään?" Ella hämmästeli, saadessaan jostakin tukea omille ajatuksilleen. "Minä tunnen juuri samoin. Se jää mieleen pyörimään, eikä jätä rauhaan päivällä, eikä illalla."

"Minusta keskusradioa ei tarvitsisi olla olemassakaan", Tuire totesi vakavana.

"Yritän rukoilla kaikki päivät ettei se vaikuttaisi minuun", Ella tunnusti.

Keskusradio esti kuulemasta edes omia ajatuksiaan! Aika, joka yleensä tarjosi mahdollisuuden hiljaiseen rukoukseen työnteon lomassa, oli nyt tukahdutettu kovan metelin alle. Ehkä ihminen joka pakeni Jumalaa, halusikin jatkuvaa aktiviteettia ympärilleen, ettei vain kuulisi Jumalan ääntä, Ella mietti.

Lounastauon jälkeen tytöt kiiruhtivat kasvihuoneelle, jossa kasvustoja oli alettu purkaa pois, sillä talvi teki tuloaan. Tomaatin paksut varret katkaistiin ja pudotettiin käytäville, josta ne käärittiin rullalle kuivumaan, sekä odottamaan lopullista raivausta.

"Miten voin saada nämä tomaatinvarret rullalle, kun varsipinosta tulee kaksi kertaa niin suuri kuin itse olen?" Ella kysyi ihmetellen.

"Siinäpä sinulle miettimistä, miten sen teet", johtaja tuumasi vastaukseksi.

Huomattuaan, että työssä odotettiin käytettävän luovuutta, Ella alkoi kääriä varsia kasaan niin pitkälle kuin pystyi. Sen jälkeen hän hyppi kasan päällä, saadakseen sen pienemmäksi. Johtaja seurasi Ellan puuhia huvittuneena. Tapa se oli tuokin!

Loppuvaiheessa varsikasa painoi jo kymmeniä kiloja, mutta sitkeästi tytöt suorittivat tehtävänsä loppuun.

## Mietteitä

Tytöt söivät niukkaa ravintoa ja tekivät fyysisesti raskasta, pitkää työpäivää. Kerran viikossa kävi kauppa-auto, josta he ostivat viikon ruokatarvikkeensa, eivätkä he enää pitkään aikaan olleet käyneet kaupungilla ostoksilla.

Iltaisin Ella alkoi tuntea heikkoa oloa. Hän yritti lukea Raamattua, mutta ei ymmärtänyt siitä mitään. Tuo sama kirja, joka ennen oli elänyt hänen käsissään ja jokainen sana oli loistanut kirkasta, taivaallista valoa, vaikutti nyt täysin vieraalle ja tuntemattomalle. Kuka tällaisesta kirjasta voisi saada mitään irti, Ella mietti. Mikään mitä hän luki, ei tuntunut enää ymmärrettävältä.

Ella yritti rukoilla, mutta siitäkään ei tullut mitään, sillä hän nukahti kesken rukouksen.

--------------

Eräänä iltana Tuire lueskeli kirjoja ja Ella istui pimeässä huoneessa avoimen ikkunan ääressä miettien, mitä hän teki tällä kylällä. Miksi hänet oli johdatettu tänne? Ella pyöritteli mielessään tavanomaiseksi muodostuneita kysymyksiään. Katsahtaessaan ulos, hän näki tien toisella puolella johtajapariskunnan upean kartanon. Pihapiirissä loistivat kauniit lyhdyt ja valoissa kylpevä rakennus näytti suorastaan kuninkaalliselle.

"Kandaken hoviherran mahtavat vaunut", Ellan mielessä käväisi. "Käy luo ja pysyttele lähellä!"

Raamattuun kirjoitetut sanat kumpusivat hänen mieleensä jostakin kaukaa. Oliko Jumala lähettänyt hänet tälle kylälle pysyttelemään lähellä tätä perhekuntaa? Tässä tutussa Raamatun kertomuksessa annettiin varsin yksinkertainen tehtävä, "pysy lähellä". Se ei olisi vaikea toteuttaa. Siksikö hän oli täällä? Yhden perheen vuoksi? Ajatus toi hänen pimeyteensä pientä valoa.

## Valtojen taistelu

Viikonloppuna huoneistossa oli yksinäistä ja silloin Ellan ajatuksiin alkoi tulla merkillisiä asioita. "Täällä sinä olet kaukana kaikesta muusta maailmasta. Ei kukaan tulisi tietämään, jos luovut uskostasi. Kokeile edes."

Outoja ajatuksia tuli lisää:
"Näetkö miten kauniisti maailman valot loistavat? Se on sinulle ihan uusi maailma, et ole vielä kokeillut sitä. Tällä kylällä asuu useita sinua vanhempia poikia. Kyllä he ottavat sinut mukaan kaupungille juhlimaan, jos vain pyydät. Katso, katso miten lumoavan kaunis maailma on ympärilläsi. Vain yksi askel..."

Ella muisti miten paholainen tuli Jeesuksen luokse vuorella ja kiusasi häntä luvaten kaiken maailman loiston, jos Jeesus vain kumartaisi paholaista.

Hänkin seisoi eräänlaisella vuorella ja katseli kaukana alapuolellaan loistavia maailman valoja. Hän oli tietoinen ettei luisuisi maailmaan vahingossa, vaan hänen olisi itse otettava askel siihen suuntaan. Nyt odotettiin hänen valintaansa.

Ella ei ollut tottunut ottamaan yhtäkään askelta ilman Herralta tullutta käskyä. Miksi Jumala ei puhunut mitään? Ella oli hämmentynyt, eikä aikonut liikahtaa paikaltaan ennen kuin Jumala puhuisi edes jotakin.

Mutta Jumala oli hiljaa.

"Mitä sinä odotat", sisäinen ääni jatkoi ajatusten kautta. "Jumala ei enää puhu sinulle. Hän on poistunut muiden ihmisten seuraan. Olet vapaa valitsemaan itse. Tee omat päätöksesi!"

Mutta Ella ei tehnyt päätöstä. Hän jäi odottamaan.

Siinä pimeässä istuessa ja katsellessaan ikkunasta ulos, Ella näki auton pysähtyvän tien reunaan. Auton valojen sammuttua hän näki, kuinka ovi avautui ja tumma hahmo alkoi rauhallisesti kävellen lähestyä asuntolaa. "Onkohan se Vanamo?" Ella ajatteli toiveikkaana. Kun hahmo tuli lähemmäksi, Ellan silmät laajenivat: "Tuo on Eero!"

Salamannopeasti hän nousi istuimeltaan ja loikkasi ulko-ovelle. Pimeyden turvin hänen onnistui lähes äänetömästi lukita ovi, sillä jos siitä pieni naksahdus kuuluikin, ei voinut olla varma mistä ääni oli peräisin. Äänettömästi Ella vetäytyi huoneensa varjoihin.

Heken kuluttua joku kokeili oven kahvaa. Sen jälkeen askeleet oven takaa loittonivat. "Ei edes kolkuttanut", Ella tuhahti.

### Tytöt

Sunnuntai-iltana joku tuli asuntolan ulko-ovelle ja tällä kertaa tulija myös kolkutti oveen. Ennen kuin avasi oven, Ella sytytti pihavalot portaikkoon.

"Näkyy olevan joitakin tyttöjä", Ella tuumasi. Oven avattuaan hän yllättyi iloisesti nähdessään sisarukset, joihin hän oli seurakunnassa tutustunut, Arjan ja Einen.

Arja astui sisälle asuntoon ja ojensi Ellalle herkullista mustikkapiirakkaa. "Leivoin sinulle tuliaisia", hän sanoi.

"Arja on saanut ajokortin ja saimme isän auton lainaan", Eine kertoi innoissaan.

"Aloimme huolestua, kun sinua ei ole enää näkynyt seurakunnassa. Pelkäsimme, että sinulle on pyöräillessäsi sattunut jotakin, sillä tämän syksyn aikana metsätiellä on kidnapattu kolme naista", Arja selitti käyntinsä aihetta.

"Ihanaa, että olet turvassa, olimme niin huolissamme", Eine lisäsi

Ella kertoi, ettei olosuhteiden vuoksi voinut enää talvisaikaan pyöräillä kaupungille. Hän kertoi myös viime kertaisesta matkasta ja poikkeavasti käyttäytyneestä autoilijasta. Tytöt olivat samaa mieltä, ettei nyt ollut viisasta pyöräillä metsätiellä.

He kertoivat, että seurakunnassa oli alkanut teetupatoiminta ja tytöt voisivat hakea Ellan kotiinsa perjantaina ja palauttaa asuntolaan sunnuntai-iltana, että Ellakin pääsisi mukaan teetupaan. Se kuulosti Ellasta oikein hyvälle ajatukselle ja edessä oleva työviikko ei tuntunut enää niin pitkältä, kun tiedossa olisi jotakin kivaa seuraavalle viikonlopulle.

"Yökalaan lähtö", kuten tytöt teetupaa kutsuivat.

# 6.

Työpaikalla vallinnut maanantaiaamun rauha keskeytyi voimakkaaseen kirkaisuun. Kasvihuonetta siivotessaan tytöt olivat puhdistaneet lämpöputken alla olevaa lattiaa, kun esiin työntyi luuranko! Kammottavat, tyhjät silmänaukot tuijottivat tyttöjä. Nahka oli kuivunut kasaan ja hahmosta saattoi päätellä, että kysymyksessä oli sammokon raato.

"Mikä siellä nyt on?" Pertti keskeytti työnsä ja lähti miehekkyyttä uhkuen avuttomien ja heikkohermoisten tyttöjen luokse.
"Se on luuranko!" tytöt vapisivat, seisoen etäällä kammottavasta löydöstään.
"Minä otan sen pois", Pertti lupasi. "Se on varmaan kuollut jo loppukesästä", hän totesi kaapiessaan lattian rajassa olevan muumion roskien joukkoon.

Kun tytöt saivat sydämen sykkeensä tasoittumaan, työt jatkuivat normaalisti. Tyhjennysvaiheessa olevalla kasvihuoneella ei ollut enää juurikaan lämpöjä päällä, mutta kova työnteko sai veren kiertämään ja auttoi pysymään lämpimänä.

Pertti heitti muutaman asiattoman vitsin. "Suu kiinni Pertti", juuri ovesta sisään astuva Leena otti ohjat käsiinsä. "Tytöillä on puhdas ajatusmaailma, älä sinä likaa sitä!"
Pertti vaikeni naureskellen.

Työn lomassa Ella tuli kertoneeksi kaupungilla alkavasta teetuvasta. Pertti vaikutti kiinnostuvan asiasta ja vaipui mietteisiin, pilke silmäkulmassaan. Mitä Pertti oikein suunnitteli, Ella pohti.

Perjantai-iltana asia selvisi.

## Teetuvassa

Valkoisella seinällä oleva suuri kello lähenteli puolta yötä, kun Arja, Eine ja Ella viettivät aikaa teetuvassa. Joku tiesi kertoa, että vuosia sitten yksi humalainen mies oli tällaisen toiminnan kautta tullut uskoon ja siksi se kannatti.

Myös Vanamo oli saapunut paikalle ja kitarallaan säestäen he yhdessä Ellan kanssa lauloivat useita puhuttelevia hengellisiä lauluja, virittäen teetuvalle saapuvia kulkijoita ajattelemaan taivasasioita. Sen jälkeen teetuvan työntekijät hajaantuivat eri puolille huonetta, voidakseen tavoittaa kadulta saapuvia ihmisiä kahdenkeskiseen keskusteluun. Kuitenkin, liian voimakkaasti humaltuneiden kanssa, keskustelua ei pidetty hyödyllisenä.


Yksi nuori mies pysähtyi keskustelemaan Ellan kanssa.
"Minkä tähden sinä olet uskossa?" mies esitti suoran kysymyksen.
Ella hämmentyi kysymyksestä. Niin, miksi hän oli uskossa? Mikä se asian ydin olikaan? Pitkään aikaan hän ei ollut ymmärtänyt Raamatusta mitään ja oli toistuvasti rukoillessaan nukahtanut. Hän oli kuunnellut ajatusmaailmastaan nousevia houkutuksia maailman valoista, jotka kutsuivat häntä luokseen. Vain yksi askel… Tämän kaiken keskellä Jumala ei ollut puhunut hänelle mitään, vaikka hän olisi tarvinnut kipeästi ohjeita, rohkaisua ja lohdutusta. Miksi hän oli uskossa? Hän ei todellakaan enää muistanut!

Tätä täytyisi kysyä Arjalta.

Sanavalmiina nuorena naisena Ella selvisi tilanteesta jotenkin, mutta heitetty kysymys jäi painamaan mieltä. Miehen poistuttua teetuvasta, Ella etsi käsiinsä Arjan.

"Mitä sinä vastaat, jos joku kysyy sinulta miksi olet uskossa?" Ella tiedusteli.

Arja purskahti hyväntahtoiseen nauruun ja vastasi: "Tietenkin siksi, että pääsen taivaaseen!"

Niin tietenkin! Miten tuo olikin voinut unohtua, Ella ihmetteli mielessään. Näin yksinkertainen vastaus tähän kysymykseen olisi ollut, eikä hän itse sitä tajunnut. Mitä hänelle oikein oli tapahtunut? Miten hän oli niin etääntynyt tutuista asioista, jotka olivat olleet hänelle lapsuudesta asti itsestäänselviä? Oliko hän vain väsynyt liikaa, vai oliko tapahtunut jotain muutakin? Se jatkuva keskusradion pauhu! Kunpa hän saisi ajatella asioita kaikessa hiljaisuudessa.

Eine saapui Arjan ja Ellan luokse, kun uutta porukkaa työntyi ovesta sisälle teetupaan. Kolme äänekästä poikaa istahti tyttöjen läheisyyteen. Huomatessaan tyttöjen kuuluvan teetuvan työntekijöihin, yksi heistä kysyi: "Mitä hyötyä teidän on tulla tänne teetä tarjoilemaan ja juttelemaan meidän kanssamme? Eihän kukaan maksa teille siitä edes palkkaa?!"

Arja otti nopeasti tilanteen haltuunsa: "Emme me tätä ilmaiseksi tee. Kyllä meille maksetaan palkka, sitten kun menemme taivaaseen."

Mies katsoi Arjaa hetken aikaa hölmistyneenä ja totesi sitten: "Kyllä teillä on pitkä tilikausi!"

Puoliyö oli jo ylitetty, mutta teetupa pidettäisiin auki aamutunneille asti. Ella siirtyi istumaan ikkunan läheisyyteen siten, että viereinen paikka jäi vapaaksi. Silloin hän huomasi, että Pertin auto oli ajanut aivan lähelle rakennusta ja auton valot osoittivat suoraan teetuvan ikkunasta sisään. Oliko Pertti tulossa teetupaan?

Hetken kuluttua sisään asteli nuori mies, joka erottui selkeästi toisista kävijöistä. Tämä mies ei ollut humalassa, tai sitten hän oli ottanut vain hyvin vähän alkoholia, rohkaistuakseen. Hän vaikutti taustaltaan varakkaalta ja menestyvältä. Mies tiedusteli lupaa istua Ellan viereen. Saatuaan luvan, mies yritti muotoilla kasvoilleen vakuuttavaa, harrasta ilmettä.

"Rukoile minun puolestani", mies pyysi.

Ella katsoi miestä tarkasti:

"Sinä et ole tosissasi!" Ella totesi.

"Olen minä", mies vakuutti.

Ella seurasi miehen jokaista, pientäkin kasvojen värähdystä. Tämä näytti tavoittelevan silmiinsä kaikkein tyhjintä katsettaan ja se katse vaikutti varsin vakuuttavalta.

"No hyvä on", Ella totesi viimein. "Minä rukoilen sinun puolestasi."

Mutta Ella ei aikonut rukoilla miehen puolesta siinä paikan päällä, vaan hän ottaisi tämän miehen päivittäisiin rukouksiinsa. Vaikka tämä mies oli tullut teetupaan pilailu mielessä, niin hänen elämänsä oli tyhjää ja tarkoituksetonta. Hän tarvitsi oikeasti rukousta.

"Mikä sinun nimesi on?"

"Janne"

"Entä sukunimi?" Ella tiedusteli.

"Haapajoki"

"Ai, meidän naapurissa Vehkalankylässä asuu joku Haapajoki", Ella sanoi mietteliäänä.

"Jaa", totesi mies ja alkoi tehdä lähtöä.

"Minä sitten myös rukoilen puolestasi, sinun on syytä muistaa se", Ella huikkasi vielä miehen perään.

Mies oli tullut teetupaan leikkimielellä, eikä tiennyt kuinka paljon rukousta hän tarvitsikaan tulevina päivinä!

# 7.

Keskusradion pauhina työntyi syvälle ajatus-maailmaan, tukahduttaen alleen kaiken muun. Miten voimakkaasti se vaikuttikaan nuoreen ihmiseen, joka omaksuu niin paljon ulkopuolelta tulevaa. Ella yritti taistella radion tuomaa vaiku-tusta vastaan, mutta tunsi itsensä heikoksi. Ra-dion vaikutus häneen oli voimakkaampi, kuin hänen kykynsä torjua sitä. Miten hänen ym-märryksensä oli voinut pimentyä niin paljon, ettei enää edes tiennyt miksi oli uskossa? Edel-leen hän joka kerta rukoillessaan nukahti ja Raamatua lukiessaan hänen ymmärryksensä ei avautunut käsittämään sanojen merkitystä.

Iltapäivän kahvitauolla Ella vilkaisi huoneensa ikkunasta ulos. "Kandaken hoviherran mahtavat vaunut", hänen mielessään käväisi. Se oli ainut sanankohta Raamatusta, joka hänelle nyt viime-päivinä oli avautunut: "Käy luo, ja pysyttele lähellä!"

Syötyään pikaisesti välipalaa, tytöt kiiruhtivat takaisin iltapäivän työtunneille. Kuin huomaa-matta, heidän voimansa olivat lisääntyneet ja he saattoivat kantaa laatikoita neljänkymmenen kilon verran kerrallaan, eikä kantamus edes tun-tunut raskaalta.

Tyttöjen viimeistellessä työtehtäviään, kauppa-auto tuuttasi lähellä kulkevalla Vehkalantiellä.

"Voitte lähteä tänään vähän aikaisemmin, että ehditte kauppa-autolle", Leena ilmoitti saapuen kasvihuoneelle jatkamaan työtehtäviä siitä, mi-hin tytöt olivat jäänet.

## Tuire kertoo

Lumi oli satanut maahan ja tytöt juoksivat pi-hapiirin lävitse asunnolleen, hakemaan kauppa-kassia ja rahakukkaroa. Kauppa-autolle saavut-tuaan, ystävällinen vaalea nainen tervehti heitä kertoen mitä tuotteita tänään oli tarjolla. "Liha on sitten pakastimessa", hän jälleen kerran muis-tutti. Taloudelliset tytöt päättivät kuitenkin pysyä edelleen kasvis-, vilja- ja maitotuote valikoimis-sa.
--------------------

Palattuaan asunnolleen, Tuire alkoi kertoa mitä oli toisten paikkakuntalaisten avulla saanut tie-toonsa. "Se Janne Haapajoki, jonka kerroit ta-vanneesi teetuvassa, on oikealta nimeltään Yli-Haapajoki, ja asuu tässä meidän naapurissa." "Ai, missä talossa?" Ella hämmästyi.

"Se on juuri se talo, jossa tänne tullessa pysähdyit kysymään tietä, heti Vehkalaan käännyttäessä. Juuri se talo, jota olet luullut Haapajoeksi, mutta oikea sukunimi on Yli-Haapajoki. Siinä asuu veljekset Janne ja Antti. Antin näit silloin keinutuolissa."

"Oliko siis mahdollista, että Pertti kuljetti Jannen teetupaan, sillä Pertin auto oli pitkään teetuvan edessä parkissa?" Ella pohti.

"Sillä tavalla tässä on käynyt. Pertti on aikaisemmin seurustellut Jannen serkun kanssa, mutta sitten heidän välinsä menivät poikki. Ystävyys Jannen ja Antin kanssa on kuitenkin jatkunut."

Tapahtumien taustat alkoivat selvitä Ellalle. Mies oli todellakin tullut teetupaan pilailumielessä ja varmasti yllättynyt siitä, että hänen vaikuttimensa olivat näkyneet läpi. Oli kuitenkin hyvin vaarallista lähteä leikkimään hengellisillä asioilla. Sitä voimakkaammin Ella tunsi tarvetta rukoilla miehen puolesta, että tämä mies saisi löytää Jeesuksen elämäänsä. Hän rukoili koko kyläkunnan puolesta niinä lyhyinä hetkinä, ennen kuin nukahti rukoillessaan. Mutta... ihan kuin hän huutaisi rukouksensa tyhjyyteen! Jumala ei ollut vastannut viime aikoina yhteenkään hänen rukoukseen, ikään kuin rukouksia ei oltaisi edes kuultu!

### Jälleen koettelua

"On jo aika pimeää, mutta lumi valaisee sen verran, että lähdettäisiinkö lenkille?" Ella kysyi Tuirelta.

"En jaksa tänään", Tuire vastasi. "Mene sinä vaan, minä jään lukemaan kirjaa."

Ella puki talvitakin ylleen, kengät jalkaansa ja valmistutui lähtemään ulos. Kirkkaat ulkovalot valaisivat pihapiiriä, mutta siitä loitonnuttuaan ympärillä oli vain pimeyttä.

Ajatuksiin tunkeutui taas tuo sama houkutteleva ääni: "Miten kauniit maailman valot ovatkaan sinun ympärilläsi, katso niitä. Miten paljon ne sinulle lupaavatkaan? Nyt on sinun tilaisuutesi. Täällä metsän keskellä et menetä kasvojasi, vaikka luovutkin uskostasi. Ethän jaksa enää edes rukoilla ja Raamattu on aivan tyhjä kirja. Miksi olet niin varovainen? Vain yksi askel ja olet mukana lumotussa maailmassa".

Ella puntaroi mielessään sinne nousevia ajatuksia. "Edelleenkään, en ole koskaan ottanut pientä tai suurta askelta ilman, että olen saanut siihen kehotuksen Jeesukselta. Jumala ei ole puhunut mitään, joten en voi tässä tilanteessa tehdä valintaa", Ella kertasi mielessään jo tutuksi tullutta vastausta ajatusmaailmasta nouseviin houkutuksiin.

Yhtäkkä hän jähmettyi. Kuului valtava ryminä ja jotain mustaa meni aivan hänen edestään, vyöryen melkein hänen päällensä. Lisää ryminää ja lisää mustaa vilahti noin puolen metrin päässä hänestä.

Seuraavassa hetkessä hän oli jo puutarhan valokeilassa ja saapui hengästyneenä asuntolaan. "Etkö mennytkään lenkille?" Tuire kysyi hämmästyneenä.

"En. Jotain merkillistä mustaa vyöryi metsästä kovalla ryminällä. Olin jäädä alle. En yhtään voinut nähdä mitä se oli", Ella kertoi juoksusta hengästyneenä.

"No, mennään huomenna katsomaan, kun päivä valkenee", Tuire ehdotti.

Seuraavana päivänä tytöt saattoivat nähdä, että siinä kohtaa missä Ella kääntyi lenkkipolultaan takaisin, oli tien ylitse juossut hirvilauma. Suuret sorkan jäljet olivat vielä selkeästi nähtävissä lumisella tien penkalla. Hirvet olivat tulleet merkillisen lähelle kasvihuoneita.

Talven tuoma pimeys oli ottanut yhä enemmän valtaa ja luminen vaippa oli verhonnut elottoman luonnon paksun suojakerroksen alle talvehtimaan. Yli-Haapajoen isäntä valmistautui työkoneen siirtoon. "Pitää siirtää työkone yötä vasten, ettei ole muiden autoilijoiden tiellä", hän kommentoi ohimennen sanomalehteä lukevalle Antille. "Yöllä on vähemmän liikennettä."

Antti vilkaisi ulkovaateisiin varustautunutta isäänsä. Hän kuuli ulko-oven kolahtavan isän lähtiessä ja jatkoi lukemistaan kesken jääneestä artikkelista.

Janne tuli olohuoneesta haukotellen: "Taidan mennä nukkumaan, väsyttää niin kamalasti. Missä äiti on?"

"Lähti käymään naapurissa, mutta tulee varmaan kohta", Antti vastasi keskittyen jälleen edessään olevaan sanomalehteen.

**Yön tapahtumat**

Ulkona oli alkanut sakea lumipyry. Yli-Haapajoen isäntä kiinnitti hitaan ajoneuvon varoituskilven paikoilleen, ennen kuin yhdisti ajoneuvon perään siirtoa tarvitsevan työkoneen. Keli oli aika arvaamaton, joten matka olisi syytä taittaa rauhallisesti.

Hitaasti hän eteni öisellä tiellä sakeassa lumi-sateessa. Hän vaihtoi lähivaloille nähdäkseen paremmin vastaantulevaa liikennettä, sekä eteen tulevia mutkia ja kaarteita. Hidas kuljetus oli ohittanut jo Vehkalankylän tieosuuden ja kääntyi nyt vilkasliikenteisemmälle maantielle. Oli varmasti hyvä ajatus toimittaa työkoneen siirto yöllä, hän tuumi mielessään keskittyen tiukasti ajoväylällä eteen tuleviin tapahtumiin.

Maantiellä oli sinä yönä vähän liikennettä. Rekka-auton kuljettaja Virtanen oli juuri poikennut tienvarrella olevassa kahvilassa, saadakseen pientä virkistystä ajo-vuoroonsa. Hänen olisi määrä ajaa lastiaan läpi yön, aamuun saakka. Yön pimeät tunnit olivat rauhallista aikaa liikenteessä ja vastaantulijoita oli vähän. Hän otti paremman asennon istuimellaan, sillä sakeassa lumisateessa lumi pöllysi niin vahvasti, ettei toisinaan voinut kuin arvailla mitä oli edessäpäin. Tällä hetkellä, suoraan edessään hän näki tavallista sakeamman lumipyörteen. Olisiko sen jälkeen mutka, Virtanen mietti ja hiljensi hiukan vauhtiaan. Vaikka rekan hytti oli korkealla, niin siltikään ei voinut nähdä miten tie kaartaisi pöllyävän lumimyräkän kohdalla.

PAM!!!

Virtasen ajovuoro oli sillä kertaa päätöksessä. Hän kokeili jäseniään huomaten, että kädet ja jalat tutuivat toimivan. Hän selvitti ajatuksiaan ja tuli siihen tulokseen, että se pöllyävä lumipyörre edessä olikin ollut jokin hitaasti etenevä ajoneuvo, jonka takavaloja ei sakeassa lumisateessa voinut huomata, eikä tässä tapauksessa hitaanajoneuvon kilvestäkään ollut hyötyä.

Virtanen keinotteli itsensä ulos rekan hytistä ja lähestyi ojan pientareelle paiskautunutta hitaan ajoneuvon kuljetusta. Miten tämän toisen ajoneuvon kuljettajan oli käynyt? Helpotuksekseen Virtanen näki, kuinka ajoneuvon ovi avautui ja ulos työntyi keski-ikäinen mies.

Yli-Haapajoen isäntä oli saanut lumipenkkaan paiskautuneen ajoneuvonsa ojanpuoleisen oven auki. Tärähdys oli ollut kova ja häntä huimasi rajusti, mutta sisukkaasti hän pakottautui ulos ajoneuvostaan ja yritti kävellä. Hän astui muutaman askeleen lumisessa ojassa ja lyyhistyi äkisti.

----------------------------------

Kotona Yli-Haapajoella, Antti oli vielä valveilla muun perheen mentyä jo nukkumaan. Hän ajatteli lukea vielä uutiskirjoitukset ja vetäytyä sen jälkeen yöpuulle. Hänen silmiinsä osui kirjoitus valtatiellä tapahtuneesta peräänajo-onnettomuudesta. Oliko isän sittenkään viisasta siirtää työkonettaan näin yöllä ja vielä sakeassa lumisateessa? Uutiskirjoituksessa kerrottiin rekka-auton ajaneen öisellä tiellä traktorin perään, sillä traktorin hitaanajoneuvon kilpeä ei ollut näkynyt, eikä perään ajanut rekka ollut siksi ehtinyt jarruttaa ajoissa. Olipa kamala onnettomuus, Antti mietti.

Puhelin soi.

Kuka näin myöhään soittaisi?

Antti siirtyi puhelimen luokse. Hän painoi kuulokkeen korvalleen, kuunteli vähän aikaa ja sitten hänen kasvonsa kalpenivat.

Raskas murhe laskeutui pienen Vehkalankylän ylle. Tieto siitä, että Yli-Haapajoen isäntä joka tunnettiin yhtenä kylän parhaimmista miehistä, makasi nyt tajuttomana sairaalassa, sai koko kylän hiljenemään.

Arja ja Eine saapuivat työpäivän jälkeen Ellaa tapaamaan. Hekin olivat kuulleet viimeaikaisista tapahtumista ja olivat järkyttyneitä. Eine tiesi kertoa, että myös Antti oli viime aikoina kulkenut teetuvalla ja he Arjan kanssa olivat ottaneet tämän perheen kokonaisuudessaan rukousaiheekseen.

"Minua järkyttää, kun olemme rukoilleet heidän puolestaan ja sitten tapahtuukin tällaista. Emmehän me tätä tarkoittaneet?" Ella huokaisi. "Joskus Jumala voi ottaa ihmisen aika kovasti kiinni. Mehän olemme rukoilleet, että tämä perhekunta pelastuisi. Jospa tämä on Jumalan tapa puhutella heitä", Arja mietti.

Ella, Arja ja Eine, jotka olivat sydämestään sitoutuneet rukoilemaan Yli-Haapajoen perheen puolesta ja olivat jopa tämän tähden välillä paastonneetkin, ottivat tapahtuneen onnettomuuden hyvin raskaasti. Tytöt eivät toisinaan saaneet edes öitään nukuttua, kun he huokailivat rukouksia Jumalalle. Ella taas yritti estää nukahtamisen rukouksen aikana, makaamalla kovalla lattialla. Mutta nukkuessaankin tapahtuneet asiat painoivat mieltä ja tekivät unesta levottoman.

Janne oli jälleen alkanut vierailla teetuvassa ja nyt hän oikeasti tarvitsi rukousta, vaikka ei sitä enää pyytänytkään. Hän vain istui hiljaa, pää kumarassa ja kuunteli, kun tytöt lauloivat heleällä äänellään laulua särkyneestä saviruukusta.

## Murhe saartaa kylän

Sitten se tapahtui. Eräänä talvisena päivänä Leena syöksyi kuin pyörremyrsky kasvihuoneelle. Sydäntalvella valoisat tunnit olivat päivässä vähissä, mutta pimeän päivän synkisti vieläkin synkempi uutinen.

"Yli-Haapajoen isäntä on kuollut", Leena huusi ja purskahti itkuun. "Hän ei tullut enää koskaan tajuihinsa."

Tuire ja Ella kalpenivat ja pysäyttivät työskentelynsä. "Älä nyt itke", Pertti moitti äitiään. "Ei siitä nyt itkeä tarvitse."

"Kyllä minä itken!" Leena suorastaan huusi. "Työpäivä on päättynyt", jyrähti paikalle saapunut Leenan mies ja puutarhan johtaja Seppo.

Tuire ja Ella ymmärsivät jättää työtehtävänsä siihen paikkaan ja poistuivat saman tien kasvihuoneelta.

"Miksi Jumala ei vastannut tähänkään rukoukseen", Ella mietti, tuntien raskaan painon sydämessään. Miksi Jumala lähetti tälle kylälle ja neuvoi pysyttelemään lähellä, jos ei siitä kerran olisi kenellekään mitään hyötyä? Ella ei jaksanut käsittää Jumalan toimintatapaa.

---------------------------

Yli-Haapajoen kodissa elämä tuntui pysähtyneen. Kuolemaan ei oltu osattu varautua ja eteen tuli menetyksen surun lisäksi, myös taloudellisia paineita. Miten talousasiat tulisi hoitaa, että jälkeen jäävien elämä voisi jatkua? Nämä kysymykset yllättävät lukuisat ihmiset, jotka eivät ole varautuneet nuorella iällä tapahtuvaan kuolemaan.

"Kesken rauhallisten päivieni minun on mentävä tuonelan porteista. Jäljellä olevat vuoteni on minulta riistetty pois.... Minä sanoin, en saa minä enää nähdä Herraa elävien maassa... Minun majani puretaan ja viedään minulta pois niinkuin paimenen teltta, olen kutonut loppuun elämäni niin kuin kankuri kankaansa, minut leikataan irti loimentutkaimista. Ennen kuin päivä yöksi muuttuu, sinä teet minusta lopun", Ella luki sanat hitaasti Raamatusta. Vihdoinkin, pitkän ajan kuluttua hän jälleen ymmärsi mitä Raamatussa luki.

Hän otti kitaransa ja alkoi laulaa vanhaa laulua, joka nyt tuli hänen mieleensä. "Oi Herra luoksein jää jo ilta on, ja kadonnut on valo auringon... Päiväni rientää kohden loppuaan, on ilo maallinen kuin varjo vaan..." Ella pääsi laulun loppuun, mutta tunsi tarvetta laulaa sen läpi yhä uudestaan ja uudestaan. Laulun sanat hoitivat sisintä, auttoivat löytämään kosketuskohdan Jumalaan, joka oli ollut niin kauan tavoittamattomissa.

Kun hän oli laulamassa samaa laulua läpi neljättä kertaa, hän kuuli ääniä seinän toiselta puolelta, varastotilasta. Joku tuli sisälle varastoon ja paukautti oven perässän kiinni niin, että huoneisto tärähti. Sitten kuului Pertin ääni:
"Mitä sinä täällä teet ja miksi itket?"
Sen jälkeen kuului Leenan itkuinen ääni:
"Minä kuuntelen Ellan laulua!"

Ella lauloi säkeistöt loppuun, mutta laittoi sitten kitaransa pois. Eihän sitä tiedä, vaikka olisi jokin merkitys sillä, että juuri tänä vuonna hän asui tässä kylässä, rukoilemassa kyläkunnan puolesta.

## 10.

Synkkä raskas talvi kääntyi vihdoin kevääseen ja auringonsäteiden valaisemat hanget sulivat silmissä.

Läpi talven, Arja, Eine ja Ella olivat uskollisesti palvelleet teetuvassa käyviä, etsiviä ihmisiä. Nyt teetupaan saapui tuntematon nuori mies. Hän katseli Ellan joululahjaksi saamaa kallista Raamattua, jossa oli hakemiston lovet, nahka-kannet ja vetoketju.
"Mitä sanot, jos otan tuon sinun Raamattusi?" nuori mies kysyi Ellalta.
"Sehän on vain hyvä, jos sitten myös luet sitä", Ella vastasi hajamielisenä ja jatkoi kesken jäänyttä keskustelua toisen henkilön kanssa. Illan jatkuessa Raamatusta kysellyt nuori, tuntematon mies teki lähtöä teetuvalta. Ulos astuessaan, hän vielä ohimennen sanoi Ellalle: "Minä sitten otin sen sinun Raamattusi."

Ella vilkaisi poistuvaa miestä, kiinnittämättä häneen sen enempää huomiota.

Mutta kun teetupa aamun tunteina suljettiin ja Ella alkoi pois lähtiessään etsiä Raamattuaan, sitä ei löytynyt mistään.

Raamattu oli poissa.

### Ella tekee valinnan

Talven väistyessä, myös Ellan sydämessä oleva jää alkoi sulaa.

Hän teki valintansa.

Hän ei astuisi niiden houkuttelevina hohtavien maailman valojen luokse, vaikka loistaisivat miten satumaisesti. Hän oli valinnut Jeesuksen ja pysyisi valinnassaan. Vaikka hän ei koskaan enää kuulisi Jumalan ääntä, hän ei silti lankeaisi ajatusmaailmasta nouseviin houkutuksiin.

Silloin tapahtui jotakin käänteen tekevää. Vanhan laulun sanat tunkeutuivat hänen mie-leensä. Miten se laulu kokonaisuudessaan me-nikään? Ella etsi vanhasta kirjasta kyseisen laulun ja alkoi kitarallaan säestäen laulaa sitä. Edetessään säkeistöissä, hän tajusi miten kohti laulun sanat tulivat: "Nyt on kirkkautta kuole-man laaksossakin, kun Jeesus mun sai ko-konaan. Taivaan portit on auki hän vie kotihin, kun Jeesus mun sai kokonaan…"

Todellakin, mennyt talvi oli ollut kuoleman laakson läpi kulkemista, mutta nyt kun hän teki valintansa, kirkkautta alkoi tulvia hänen pimeään maailmaansa.

Se vaikutti kaikkeen. Kasvihuoneella ollessaan hän huomasi jotakin muuttuneen ja sitten hän huomasi, mikä oli muuttunut. Keskusradio oli edelleen päällä, mutta hän ei enää kuullut sen ääntä. "Nyt on kirkkautta kuoleman laaksossakin…"

Yhä uudestaan ja uudestaan nämä laulun sanat kulkivat hänen ajatusmaailmansa läpi, peittäen alleen kaikki muut äänet. Hän oli odottanut, että hänen ympäristönsä muuttuisi ja toivonut, että keskusradio menisi rikki, mutta asian ratkaisu olikin ihan päinvastainen. Hänen piti itse muuttua! Radiosta kantautuva musiikki ei häirinnyt häntä enää, sillä hänen sydämessään soi voimakkaampi laulu!


Eräänä päivänä keskusradio yllätti sekä Tuiren, että Ellan. Yhtäkkiä radiossa alkoi soida Siionin virsi. Tuire hiljeni täysin ja jäi kuuntelemaan hänelle tuttua virttä. Tämän jälkeen radio teki toisenkin yllätyksen, sillä sieltä alkoi soida vapaitten suuntien laulu, jonka Ella tunnisti heti: "Maailmassa ahdistus kun yhä lisääntyy, muista että lunastuksen hetki lähestyy…" Ellan kasvot alkoivat säteillä ja se sai puutarhan johtajan, Sepon keskeyttämään työnsä, jääden katselemaan tilannetta hymy suupielissään. Laulun loputtua johtaja totesi: "Tänään onkin sitten tullut jokaiselle mieleistään musiikkia."

Lumet olivat sulaneet tieltä sen verran, että Ella arveli voivansa jälleen ottaa esiin polkupyörän. Muutaman kuukauden kuluttua hän täyttäisi kahdeksantoista vuotta ja hän voisi aloittaa autokoulun. Niinpä hän päätti käydä ilmoittautumassa paikalliseen autokouluun.

Auringon lämpimät säteet olivat jo kuivattaneet keväisen tien pinnan. Rauhallisesti Ella pyöräili kohden kaupungin keskustaa. Ilta-aurinko lämmitti mukavasti ja ilma oli mitä parhain pieneen pyöräilylenkkiin. Keväiset illat olivat valoisat ja hoidettuaan asiansa, Ella kierteli vielä keskustassa. Hän pysähtyi katsomaan erään kodin pihamaata, joka oli täynnä autoja. Mitä siellä mahtoi olla meneillään? Tuossa on Vanamonkin auto, Ella huomasi. Siellä on varmaan jokin hengellinen tilaisuus! Hän vilkaisi kelloa, joka lähenteli puolta yhdeksää. Jospa ehdin vielä loppulauluun, Ella tuumasi toiveikkaana.

Hän jätti pyöränsä seinustalle ja avasi varoen ulko-oven. Tilaisuus oli vielä kesken ja Ella työntyi eteisestä huoneen puolelle, lähimmälle istuimelle. Kodikkaasti sisustetussa olohuoneessa joku tuntematon mies puhui, sanoen: "Paavalikin pitkitti puhettaan puoleen yöhön."

Ella hymyili, tämä tiesi hyvää, tilaisuus jatkuisi. Mies puhui vielä parikymmentä minuuttia. Hänen lopetettuaan, nousi ylös vanha evankelista, joka todennäköisesti oli pitänyt jo yhden puheen. Nainen lähenteli iältään yhdeksääkymmentä.

"Olen elänyt lapsuuteni meren rannalla ja minä tunnen meren tuoksun", vanha evankelista aloitti. "Kun menimme Helsinkiin, enkä voinut tietää että lähestyimme merta, niin pysäytin matkakumppanini ja kysyin heiltä, tunnetteko te meren tuoksun? Matkakumppanini kertoivat, että todellakin lähestyimme merta, vaikka se ei vielä näkynyt. Ja nyt sanon teille, nyt tunnen taivaallisen meren tuoksun, se on lähellä!" Nainen lopetti puheensa, istuutuen. Hän tuskin saattoi aavistaa, että yksi kuulija muistaisi hänen lyhyen puheensa vielä vuosikymmenten jälkeen.

Laulettiin loppulaulu. Kenenkään paikalle saapuneen ei tarvinnut sinä iltana lähteä tyhjänä kotiinsa.

## Keväinen metsä

Kevätauringon laskiessa, metsätiellä nähtiin yksinäinen pyöräilijä. Ella oli Jumalan puhuttelussa. Viimeinkin hän sai vastauksia kysymyksiinsä: "Näetkö tämän korkean vuoren, jolla seisoit katsellen maailman valojen loistoa? Täältä kaukaa katsottuna kaikki näyttää niin kauniille, mutta jos olisit astunut alas ja käynyt niiden luokse, olisit tullut huomaamaan, että se mitä tänne kauaksi näkyy on vain kulissia. Kulissien takana on tuskaa, surua ja kyyneleitä."

Jumala oli puhunut!

Ella pysäytti pyöränsä keskellä erämaata ja jäi katsomaan kaunista auringolaskua. Kuinka hyvin Jumala olikaan kaiken tehnyt ja ihminen luotiin tähän maailmaan, elääkseen lyhyen elämänsä Jumalan yhteydessä. Se oli elämän tarkoitus, hän päätteli mielessään.

Ella lähti jälleen liikkeelle. Pari kilometriä kuljettuaan outo tunne valtasi tiellä liikkujan. Täällä on joku muukin... Hän valpastui ja tähyili ympärillä olevaa metsikköä. Yhtäkkiä vallitsevan hiljaisuuden katkaisi valtavan voimakas, pitkä vihellys, joka voimakkuudellaan halkoi koko tienoon.

"Mitä nyt?" Ella säikähti. Ääni tuli oikealta puolelta ja melko läheltä, ehkä kahdenkymmenen, ehkä kolmenkymmenen metrin päästä... Mutta missään ei näkynyt ketään. Ääni tuli viistosti edestäpäin ja Ella mietti, voisiko hän enää jatkaa matkaansa. "Vain muutama kilometri kotiin," hän mietti. On pakko yrittää!

Hän polkaisi pyöränsä täyteen vauhtiin. Puutarhalla työskennellessään hänelle oli kehittynyt melkoiset voimat. Johtaja olikin sanonut ettei ollut Ellan pyörämatkoista huolissaan, sillä jos joku kävisi kimppuun, tyttö voisi ottaa pyöränsä ja lyödä sillä tunkeilijoita. Nyt oli metsässä kuitenkin jotakin hyvin pahaenteistä. Olisiko kenelläkään metsurilla noin vahvat keuhkot?

Kunto oli sen verran vahva, että pyörä kiisi eteenpäin melkoista vauhtia. Kouristavasta pelosta huolimatta hän eteni viistosti äänen suuntaan ja saapui pian siihen kohtaan josta vihellys oli kuulunut. Taakseen katsomatta hän jatkoi polkemistaan, varmistamatta seurasiko häntä joku. Se selviäisi sitten, jos joku saisi hänet kiinni. Nyt oli vain keskityttävä polkemaan täyttä vauhtia.

Vasta asuntolan pihaan saavuttuaan, Ella uskalsi katsoa taakseen.

Kukaan ei seurannut häntä.

Tuire tuli ovelle vastaan: "Olen ollut huolissani sinusta, kun viivyit näin kauan. Tiskasinkin ilahduttaakseni sinua."

"Kiitos", Ella ilostui, sillä tiskaaminen oli normaalisti hänen päivittäinen tehtävänsä ja Tuiren tehtävä taas oli viikkosiivous. "Minulla meni vähän myöhään, kun näin eräässä pihassa autoja ja pistäydyin kotikokoukseen. Oli siellä jännittäviä tilanteita matkallakin, mutta nyt olen kotona."

Tytöt menivät yhdessä sisälle asuntolaan.

-----------------------

Seuraavana päivänä kasvihuoneella sattui onnettomuus ja toinen tytöistä putosi kolmen metrin korkuisesta huoltovaunusta, suoraan lämpöputkien päälle. Kuului raudan kilinää, kaatuvien vaunujen osuessa metallisiin putkiin. Pertti oli hetkessä paikalla ja neuvoi pysyttelemään aloillaan, että elimistö palautuisi tärähdyksestä.

Vähän ajan kuluttua Pertti kuului kertovan kasvihuoneelle saapuvalle Leenalle: "Huoltovaunut kaatuivat ja tyttö putosi kolmesta metristä maahan, mutta ei kuulunut sanaakaan, ei mitään! Olisipa ollut joku muu kuin tuo uskova tyttö, niin kyllä olisi kuulunut kirosanoja."

# 11.

## Kesätyöntekijät saapuvat

Kesän lähestyessä, kasvihuoneilla tarvittiin lisää työvoimaa ja puutarha julkaisi ilmoituksen avoimista kesätyöpaikoista. Ensimmäinen paikalle saapunut kesätyöntekijä oli kaksikymmentävuotias Ari. Hän oli ennenkin työskennellyt kyseisellä puutarhalla ja oli sen tähden ensisijainen hakija, saaden työpaikan toisten hakijoiden ohitse. Jostain syystä Arin kanssa puheet kääntyivät aina hengellisiin asioihin.

"Minä en pysty ymmärtämään näitä asioita", Ari sanoi. "Jos asia on noin kuten sanot niin, miksi sitten minä en näe samoin uskonasioita?"

"Sielunvihollinen sumuttaa sinua ja sen tähden et voi nähdä. Maailman tuoma onni on vain kupla, se puhkeaa yhdessä hetkessä ja sitten on vain tyhjyys", Ella neuvoi kesätyöntekijälle ihmisen tärkeimpiä asiota.

Vanhoillislestadiolaiset ovat varovaisempia kertomaan uskonasioita puolitutuille ihmisille, eikä Tuire koskaan osallistunut näihin keskusteluihin vaan antoi Ellan puhua.

"Sumuttaa!" Ari hihkaisi. "En minä vaan näe mitään sumua", hän hihitti.

Työnteko jatkui hiljaisissa merkeissä. Kenelläkään ei tuntunut olevan enää mitään sanottavaa.

Yhtäkkiä kuului Arin hätääntynyt huuto: "Apuaaa!!!"

Ella kääntyi katsomaan, mutta ei voinut nähdä Aria, sillä hänen ympärillään oli sakea savupilvi.

Tuire tuli nopeasti paikalle ja sanoi: "Hyppää pois huoltovaunusta, tännepäin!"

Ari totteli kehotusta ja pääsi pois savun keskeltä. Huoltovaunu jolla Ari oli työskennellyt, oli syttynyt palamaan! Mahdollisesti akku oli ylikuumentunut. Tuire lähti hakemaan Perttiä apuun ja Ari jäi kertomaan Ellalle tuntemuksiaan. "Minä luulin, että nyt se paholainen sitten sumutti minua, kun sillä tavoin nauroin asi-

alle sinun siitä kerrottuasi, hän sanoi selkeästi säikähtäneenä.

---------------------------------

## Eero ja traktori

Eero tavoitti Ellan, tämän ollessa kävelyllä kasvihuoneiden lähettyvillä. Ella kuuli takaansa lähestyvän traktorin äänen, jonka jälkeen traktorin ovi lennähti vauhdissa auki, Eeron alkaessa puhutella Ellaa. Eero pysäytti traktorin keskelle tietä!

Takaa lähestyi autoja, jotka eivät pystyneet ohittamaan keskitielle pysähtynyttä traktoria; ensimmäinen auto, toinen, kolmas, neljäs…. Jono sen kun kasvoi! Joku autoilijoista hermostui ja painoi torvea, toinen teki samoin, kolmas… Eeron oli pakko väistää. Traktorin ovi keikkui levällään, Eeron siirtäessä traktorinsa tien laitaan. Ella käytti syntyneen tilanteen hyväkseen ja hyppäsi metsään. Hän löysi metsämökille vievän polun ja ajatteli paeta sinne. Metsämökille ei ollut tietä, joten sinne ei pääsisi traktorilla.

Hän tuli aukealle ja alkoi lähestyä autiota pihapiiriä. Virtaavan metsäpuron solina vaivutti tulokkaan kolkkojen rakennusten aavemaiseen tunnelmaan. Pihapiiri huokui mennyttä elämää, mutta puro solisi edelleen kuin muinoin hyvinä aikoina. Vesi kiirehti puron uomaa eteenpäin, väsymättä ja pysähtymättä.

Hän oli viimeksi käynyt tässä paikassa syksyllä kahdestaan Tuiren kanssa, mutta näin yksin ollessa paikka oli vieläkin vaikuttavampi.

Ella ei halunnut viipyä pihapiirissä pidempään, vaan kääntyi poistuakseen ja palasi hiljakseen kylätielle. Tie oli sillä välillä tyhjentynyt, eikä Eeron traktorista näkynyt enää jälkeäkään.

Eero ei kuitenkaan luovuttanut. Seuraavana päivänä ruokatauon aikaan, tyttöjen asuntolan ovi reväistiin auki ja Eero seisoi avoimen oviaukon kynnyksellä. Tuire hätkähti ja Ella tunsi olonsa vaivautuneeksi.

"Ruokataukomme loppui juuri, meidän on lähdettävä töihin", Tuire sanoi topakasti.
"Ei se mitään, minä tulen mukaan", totesi Eero.

Ella alkoi kiinnittämään lenkkitossuja jalkaansa, ettei ainakan jäisi kahdestaan Eeron kanssa asunnolle. Vuoden mittaan hänelle ja Tuirelle oli kehittynyt tapa suorittaa ruokatauon jälkeen pieni pikajuoksu kasvihuoneelle. Toisinaan he kilpailivat, kumpi ehtisi ensin perille. Tapa oli tyttöihin niin jumiutunut ettei Ella tullut ajatelleeksi, että tällä kertaa ei sopisi juosta. Saatuaan kengät jalkaansa, hän pinkaisi vauhdikkaaseen juoksuun tehden nopeasti terävän käännöksen ettei törmäisi edessä olevaan kasvihuoneen päätyyn. Hän juoksi pitkin rakennusten välistä käytävää, jonka teki ahtaaksi käytävän oikealla puolella oleva kasvihuone ja vasemmalla puolella sijaitseva kesätyöntekijöiden taukotupa. Taukotuvan ovi avautuikin juuri parahiksi, kesätyöntekijöiden lounastauon päätyttyä.

Ella tajusi typeryytensä liian myöhään. Tytöt juoksemassa kasvihuoneen päärakennuksen aulaan, oli kyllä jokaiselle tuttu näky, mutta tällä kertaa taukotuvalta purkautuvat kesätyöntekijät katsoivat silmät laajentuneina, kun ensin heidän ohitseen vilahti Ellan viininpunainen urheiluasu ja sen jälkeen perässä juoksi kömpelösti, raskain askelin suoriin housuihin ja kauluspaitaan pukeutunut nelikymppinen mies, joka oli päättänyt tällä kertaa olla päästämättä nuorta naista käsistään. Polun tehdessä terävän mutkan, mies kuopaisi kiilloitetuilla juhlakengillään niin voimakkaasti, että irtohiekka lensi kauaksi taakse, hänen yrittäessään tavoittaa Ellaa.

Eihän Ella sen pidemmälle ollut menossa kuin puutarhan päärakennukseen tomaatteja punnitsemaan ja siellä hän oli jo täydessä työn touhussa, kun hengästynyt Eero lopulta saapui paikalle. Kohta aulan ovi aukeni uudestaan ja sisään astui viisi kesätyöntekijää, kasvoillaan mitä merkillisemmät ilmeet. Jokainen yritti kuitenkin jatkaa kesken jääneitä työtehtäviään, kuin ei mitään poikkeavaa olisi tapahtunut. Tuirekin saapui viimeisenä ja aloitti hiljaisena pakkaustyöt.

Koska työtila oli täynnä puutarhureita, ei Eerokaan viihtynyt paikalla kovin kauan, johtajan tullessa hienotunteisesti pyytämään, että jos hänen ahkerat puurtajansa saisivat työrauhan.

## Muutoksia

Työpäivän päätyttyä kesätyöntekijät olivat poistuneet puutarhalta ja harjoittelijatytöt valmistautuivat lähtemään kauppa-autolle. He odottelivat jonkin aikaa tien varrella, kunnes mutkaista kylätietä lähestyi tuttu auto. Auto pysähtyi tien laitaan.

"Tämä on sitten viimeinen kerta, kun ajan tätä autoa", vuosia kauppa-autoa kuljettanut vaalea nainen aloitti. "Kauppa-autoa ei tämän päivän jälkeen enää tule."

Tuire ja Ella katsoivat kauppa-auton kuljettajaa kysyvinä. Olihan lumi jo sulanut ja he pääsisivät kauppaan polkupyörillä, mutta oliko nyt tapah-

tunut jotakin mistä he eivät tienneet, tytöt miettivät.

"Luitteko viime viikon uutiskirjoitukset?" kuljettaja jatkoi.

"Ei, emme ole nähneet sanomalehteä", Tuire vastasi.

"Viime viikon lehdessä oli tapaus, jossa kerrottiin kauppa-auton pysäköineen tien varteen, kun sattui vakava onnettomuus. Minä olin sen auton kuljettaja. Autossa oli asiakkaana äiti, alle kouluikäisen lapsensa kanssa. Lapsi poistui autosta ja lähti ylittämään tietä. Näin että auto oli tulossa vastaan, mutta en voinut mitenkään varoittaa lasta. Lapsi jäi vastaantulevan auton alle ja kuoli. Näin koko tapahtuman taustapeilistä. En voi enää ajaa kauppa-autoa ja siirryn muihin tehtäviin", nainen selitti. Kauppa-auton kuljettaja vaikutti edelleen järkyttyneeltä kuvaillessaan surullista tapahtumaa.

Tällä kertaa tytöt ostivat tavaraa niin paljon, että se riittäisi muutamaksi viikoksi. Sitten viimeiset vilkutukset ja kauppa-auto olisi poissa – iäksi! Tehtävään ei olisi tulossa jatkajaa.

# 13.

Ella kiirehti lukemaan työpaikalleen saapunutta kirjettä. Päästyään omaan huoneeseensa hän avasi valkoisen kirjekuoren, jonka päälle oli kirjoitettu osoite tuntemattomalla käsialalla. Hän avasi kuoresta löytämänsä taitetun paperin ja alkoi lukea. Ensiksi Ella hämmentyi lukemastaan, mutta sitten palaset alkoivat loksahdella paikoilleen.

Kirje oli Anterolta, jonka Ella oli tavannut edellisvuonna opiskelupaikkakunnallaan, seurakunnassa. Kirje oli kirjoitettu kauniisti ja siinä kerrottiin tavallisia asioita, mutta kaikesta saattoi ymmärtää, että kysymyksessä oli selkeä lähestyminen. Asia tuli Ellalle täytenä yllätyksenä.

Hän poistui huoneestaan ja koputti Tuiren huoneen ovelle.

"Niin?" Tuire vastasi oven takaa.

"Minulla olisi vähän kysyttävää", Ella astui Tuiren huoneeseen ja aloitti takerrellen. "Sain kirjeen eräältä uskovaiselta pojalta. Onko minun kirjoitettava hänelle takaisin vai mitä ihmettä minä nyt teen?"

"No tykäätkö sinä siitä pojasta?" Tuire kysyi.

"En tiedä, en ole ajatellut mitään tällaista. Minusta tämä uskovaisen elämä on ollut riittävän jännittävää, ettei tällaiset asiat ole tulleet mieleeni", Ella vastasi.

"Älä sitten kirjoita hänelle", Tuire totesi yksiselitteisesti.

"Tässä on vielä eräs asia", Ella jatkoi. "Kun joskus kyselin Jumalalta mistä voisin tietää, kuka on tuleva aviopuolisoni. Silloin avasin Raamatun, niin se avautui kohdasta: 'Luottaen kuuliaisuuteesi minä kirjoitan sinulle…' Voinko siis olla vastaamatta, kun tämä merkki jonka mielestäni sain Jumalalta nyt toteutui ja joku todellakin kirjoitti minulle?"
"Jos et kerran ole ajatellut tästä pojasta mitään, niin älä kirjoita!" Tuire pysyi kannassaan.

Jaana, joka oli sisäoppilaitoksessa ollut edellisvuotena Ellan kämppäkaverina, oli tulossa käymään viikonloppuna. Ella ajatteli puhua asiasta vielä hänen kanssaan.

---------------------------------

Jaanan saavuttua, tytöt iloitsivat jälleennäkemisestä. Paljon oli tapahtunut Jaanallekin sen jälkeen, kun vajaa vuosi sitten heidän tiensä erkanivat. Jaana alkoi kertoa mitä oli tapahtunut sen jälkeen, kun hän oli saapunut harjoittelupaikkaansa.

**Jaana kertoo**

Työhajoittelupaikallaan Jaana oli saanut huoneen isosta asuntolasta. Keskellä asuntolaa oli yhteiset oleskelu-, varasto- ja suihkutilat ja kahdelta käytävältä avautui ovia siisteihin, käytännöllisiin asuinhuoneisiin. Kämppäkaverikseen Jaana oli saanut mukavan, Lapista kotoisin olevan tytön. Kuitenkin järjestely toi mukanaan sen ongelman, että siitä eteenpäin hänen oli vaikea järjestää yksityisiä rukoushetkiään.

Pian kuitenkin kävi ilmi, että harjoittelupaikan pihamaalla sijaitsevat kaksi autiota, vapaana olevaa pikkumökkiä, olivat joskus olleet asuinkäytössä. Huolimatta siitä, että joutuisi tinkimään asuinmukavuudesta, autiomökkien asuinmahdollisuudesta kuultuaan, muutamat harjoittelijat ja opiskelijatytöt halusivat muuttaa kyseisiin mökkeihin. He tulivat siihen tulokseen, että mökeissä asuminen olisi kuitenkin rauhallisempaa.

Ison asuntolan ikkunoiden takana oli pimeinä syysiltoina käynyt joku mies kurkistelemassa tyttöjen huoneisiin ja tuolloin oli kuulunut kovaa kirkumista, kun joku tytöistä oli huomannut miehen tuijottavan ikkunansa takaa. Poliisikin kävi paikalla. Viimein mies saatiinkin kiinni, sillä hän oli myös tiellä liikkuessaan ahdistellut joitakin ohikulkijoita.

Muutamien muiden tyttöjen kanssa, myös Jaana muutti asumaan mökkiin ja tässä vaiheessa hän sai käyttöönsä oman huoneen, jota ei tarvinnut jakaa toisen opiskelijan kanssa. Nyt hän pystyi vapaasti kuuntelemaan omaa musiikkiaan ja rukoilemaan, mitä hän oli toivonutkin. Vaikka talvella mökin lämpötila putosi välillä kahteentoista asteeseen, tytöt pukeutuivat tyytyväisinä useampaan lämmittävään villavaatekerrokseen, asiasta sen enempää valittamatta.

Erään kerran toisten opiskelijoiden lähtiessä lomalle kotiinsa, Jaana oli vastuuvuoronsa mukaisesti jäänyt päivystämään kasvihuoneelle. Tänä talvisena iltana Jaanan mökin ulko-oven yläpuolella palava lamppu oli ainoa valon lähde puutarha-alueen pimeässä pihapiirissä. Vetäydyttyään illalla huoneeseensa kirjaa lukemaan, hänet valtasi yhtäkkiä outo tunne, että jotakin oli pielessä.

Pelko kouraisi vatsanpohjaa ja Jaana alkoi rukoilla. Silloin hänen sydämeensä laskeutui rauha ja hän jatkoi jälleen kesken jäänyttä lukemistaan. Myöhemmin hänen mennessään nukkumaan, olo oli levoton.

Keskellä yötä Jaana heräsi siihen, että joku raapi sormillaan tuuletusikkunan metallista ritilää. Joku oli pyrkimässä sisälle!! Jaana oli yksin, eikä viereisissäkään rakennuksissa ollut paikalla asukkaita. Mökissä ei myöskään ollut puhelinta.

Aikansa kulkija työskenteli ikkunan takana, ulkovalon heijastaessa säleverhoihin horjuvan miehen hahmon. Pitkän ajan kuluttua humalaiselta vaikuttava mies lopulta poistui ikkunan luota ja vasta tämän jälkeen Jaana alkoi nukkumaan, sikäli kuin säikähdykseltään pystyi.

Aamun valjettua Jaanan ovelle koputettiin ja nuutuneen näköinen nuori mies seisoi portailla. Mies kertoi edellisenä iltana juoneensa itsensä humalaan, menneensä yleisiin tiloihin ja nukahtaneensa pyykkihuoneeseen. Yöllä herättyään, hän oli lähtenyt etsimään itselleen scuraa ja yritettyään aikansa päästä Jaanan asuntoon, oli lopuksi luopunut ajatuksestaan.

Se oli helpottavaa tietää, että yöllinen hiippailija oli ollut koulualueelta, sillä kerran päärakennuksen takapihalla sijaitsevan saunaosaston ovensuusta oli löytynyt puutarhalle kuulumaton, humalassa sammunut mies kirveen kanssa. Tällä kertaa ei kuitenkaan ollut kysymys sellaisesta.

Jaana kertoi Ellalle myös muista koettelemuksistaan. Eräänä talvisena päivänä hän oli saanut tehtäväkseen käydä kippaamassa roskakuorma puutarha-alueen reunamalla olevalle pellolle. Lunta oli lähes polviin asti ja traktorin käyttö ei ollut vielä täysin hallussa tälläkään harjoittelijalla. Jaana ajoi traktorin neuvotulle paikalle ja alkoi peruuttamaan, kipatakseen kuorman lumisen pellon reunaan. Mutta eihän se niin vain onnistunutkaan, vaan traktori juuttui lumihankeen. Työnohjaaja ja eräs nuori mies, joka toimi harjoittelijana, tulivat paikalle ja alkoivat lapioida lunta traktorin ympäriltä. Heille molemmille taisi tulla hiki, kun takit aukesivat ja pipot nousivat korvilta päälaelle. Mutta traktori ei suostunut liikahtamaankaan ja niinpä työnohjaaja, sekä nuori mies poistuivat paikalta. Jaana oletti heidän hakevan avuksi järeämpää kalustoa, mutta kun heitä ei alkanut kuulumaan, hän alkoi itse kaivaa lapiolla traktorin renkaita esiin lumihangesta. Lopulta traktori irtosi hangesta.

Kahvitauolla hän sitten huomasi työnohjaajan ja harjoittelijan istuvan mukavasti kahvikupin ääressä. Kaikesta päätellen he eivät olleet aikeessakaan hakea apua, vaan mielessä oli pelkästään kahvitauko. Tässä vaiheessa Jaana huomasi, että Herra kyllä auttaa omaansa, vaikka muualta ei apua tulisikaan.

Yhtenä talvisena päivänä harjoittelijat vietiin koulun autolla läheisen, suuren järven rannalle. Heidän tehtäväkseen annettiin kerätä kaisloja kukka-asetelmien valmistukseen. Joulu oli tulossa ja valmiit asetelmat kuuluivat puutarhamyymälän jouluvalikoimaan.

Harjoittelijoiden saavuttua rannalle, he huomasivat kylmän viiman puhaltavan järven selältä ja tuossa jäätävässä viimassa harjoittelijoiden olisi kerättävä kasaan tarvittavat kaislat. Lopulta työn tultua päätökseen, harjoittelijat pakkautuivat kylmissään autoon, joka veisi heidät takaisin koululle. Työnohjaaja käynnisti auton, mutta se ei suostunut lähtemään liikkeelle, vaan auton renkaat sutivat ja kaivoivat lumeen kiiltävää uraa. Kun kuljettaja oli aikansa auton renkaita hurruuttanut ja tilannetta päivittellyt, niin lopulta Jaana uskalsi neuvoa kuljettajalle, miten auto lähtisi liikkeelle. Ratin takana istuva mies teki Jaanan antaman ohjeen mukaan ja auto rullasi tielle! Paluumatkalla Jaana kiinnitti huomiota siihen, että ilmapiiri autossa oli oudon kireä.

Siinä kaupungissa jossa Jaanan työharjoittelupaikka oli, ei ollut vapaaseurakuntaa, eikä hän tullut tuntemaan muidenkaan seurakuntien uskovia, mikä teki Jaanan olon yksinäiseksi. Lähin vapaaseurakunta oli linja-automatkan päässä, toisessa kaupungissa. Ensimmäisellä kerralla seurakuntaa etsiessään, hän käveli kaupungilla monta kilometriä ja pysäytti lopulta ohikulkijan, kysyäkseen tarkempaa osoitetta seurakuntaan. Hänelle neuvottiin kadun nimi, mutta edelleen hän joutui kiertämään kaupunkia, sillä joka kulmauksessa näytti olevan vain ravintoloita ja bubeja. Viimein Jaana löysi oikean paikan ja jäi jalanpohjat kuumottaen läheiselle puiston penkille istumaan, odottaen tilaisuuden alkamista. Joku humalainen mies tuli istumaan samalle penkille. Jaana kertoi hänelle olevansa menossa hengelliseen tilaisuuteen, eikä mies käyttäytynyt mitenkään häiritsevästi. Olihan heillä siinä istuessaan seuraa toisistaan.

Jotakin syvää juurtumista Jumalaan, tapahtui Jaanassa näiden kuukausien aikana. Seurakunnassa mieleenpainuvaa oli opetus Jumalan armosta. Eräs mies kertoi hänellä olleen aikanaan ankara isä ja hän suhtautui Jumalaan samalla tavoin kuin isäänsä, peloissaan. Hän kertoi olleensa kymmenen vuotta uskossa, ennen kuin löysi Jumalan armon.

Jaanaa tämä kosketti, sillä hänen oikea isänsä ei ollut halunnut edes nähdä tytärtään ja isäpuoli oli jättänyt hänet, kun hän oli viisivuotias. Kipeiden ja kovien tilanteiden myötä Jaana sai lopulta löytää rakastavan Isän.

-----------------------------

Miellyttävän oloinen Harri, tuli kuitenkin vielä koettelemaan Jaanan uskoa. Kämppäkaverit ajattelivat, että Harrista tehdään Jaanalle mies. Jo tässä kohtaa Jaana aavisteli, että tämä ei tiedä mitään hyvää. Aamuisin hänen lähtiessään asunnolta kasvihuoneelle, Harri usein juoksi hänet matkalla kiinni. Jaana ihmetteli, miten Harri osuukin aina samaan aikaan paikalle, mutta salaisuus ratkesi silloin, kun Harri pyysi Jaanaa käymään omassa huoneessaan. Jaanan huomio kiinnittyi Harrin ikkunaverhoihin, jotka olivat muuten kiinni, mutta niihin oli jätetty pieni rako. Siitä raosta näkyi suoraan Jaanan mökin ovelle, josta hän aamuisin lähti töihin. Tästä kurkistusraosta Harrin täytyi seurata Jaanan liikkeitä.

Tilaisuuden tullen Jaana keskusteli Harrin kanssa monista elämään liittyvistä asioista ja tulevaisuuden suunnitelmista. Tämä nuori mies alkoi saada omaa tilaa Jaanan sisimmässä, mutta hän ei ilmaissut asiaa Harrille, koska tämä ei

ollut uskossa. Harria oli kiva välillä vähän jekuttaakin, koska hänellä oli käsitys, että uskovaiset eivät ymmärrä huumoria. Ajan myötä Harrikin ymmärsi, että uskovien elämä ei sittenkään ollut huumorintajutonta.

Jaanan kysellessä Jumalan johdatusta elämäänsä, hänen perhepiirissään elettiin haastavia aikoja. Nämä tilanteet johtuivat siitä, kun perheen äiti oli juuri kuollut ja sisarukset olivat jääneet ilman vanhempiaan. Läheisimmän sisaren elämään, jonka kanssa hän yleensä jakoi asiat, oli tullut niin paljon kuormitusta, etteivät he enää kyenneet olemaan toisilleen tukena. Jaana olisi kaivannut toista ihmistä rinnalleen, mutta sellaista ei ollut.

Erotessaan Harrista, Jaana oli laittanut Jumalan johdatuksen merkiksi sen, että jos Harri myöhemmin kirjoittaisi kirjeen, silloin hän voisi kertoa Harrille omista tunteistaan. Harri ottikin myöhemmin yhteyttä, mutta….SOITTI.

# 14.

Jaanan vierailun lähetessä loppuaan, Ella otti mieltään painavan asiansa puheeksi. Hän halusi keskustella saamastaan Anteron kirjeestä.

"Mutta Anterohan lähetti sinulle usein terveisiä, etkö muista? Hän oli ihastunut sinuun. Luulin, että tiesit…", Jaana aloitti.

Ella hämmästyi: "Ai oliko se tämä Antero, joka ne terveiset lähetti? Luulin, että se perheellinen mies, jonka lapset olivat meidän ikäisiä. Ajattelin, että ompa hän isällinen, kun tuolla tavalla aina huomioi."

Ella alkoi käsittää yhä enemmän syntynyttä tilannetta.

"Mitä me nyt teemme", Ella kysyi neuvottomana.

"Hän on meidän molempien ystävä, enkä haluaisi loukata häntä. Tämä tuli kyllä nyt niin kovin yllättäen ja tässä on taustalla vielä se Jumalalta

pyydetty johdatus, että juuri kirjoittamalla lähestyminen olisi merkki siitä oikeasta. Sekin tässä vaivaa mieltä."

Ella oli kiinnittänyt Jaanan tarinassa huomiota siihen, että hänkin oli odottanut kirjettä, mutta sitä kirjettä ei tullut. Miten hänen nyt pitäisi asian kanssa menetellä?

"Tehdään nyt ihan niin kuin sinä ajattelet", Jaana rohkaisi, jääden odottamaan Ellan päätöstä.

"Vastaan hänen kirjeeseensä, mutta kirjoita sinäkin oma tervehdyksesi kirjeen loppuun niin hän ymmärtää, että haluamme edelleenkin olla vain hänen ystäviään. En osaa käsitellä tätä asiaa tässä vaiheessa nyt muulla tavalla", Ella päätti asian, ottaen käteensä kynän ja paperia.

Hänellä ei ollut muuta kuin vaaleanpunaisia kirjekuoria ja siihen vaaleanpunaiseen kuoreen tytöt taittelivat tervehdyksensä, kirjoittaen kuoren päälle Anteron nimen ja sen osoitteen, johon posti toivottiin lähetettävän.

Aika oli rientänyt ja Jaana valmistautui lähtemään, sillä hänellä oli edessään vielä pitkä ajomatka. Harjoitteluvuodesta oli jäljellä enää muutamia viikkoja ja sitten tämä elämänvaihe olisi ohitse. Kuluneen vuoden aikana molemmat tytöt oli koeteltu, mutta he olivat kestäneet, ja nyt he olivat valmiita jatkamaan elämäänsä eteenpäin entistä vahvempina.

-------------------------------------

Myös Eero tiedosti tyttöjen harjoitteluajan lähenevän loppuaan. Koko vuoden hän oli tehnyt epätoivoisia lähestymisyrityksiä, mutta turhaan. Tällä kertaa Eero onnistui yrityksessään, sillä hän tuli metsätiellä Ellaa vastaan, tämän palatessa illalla kaupungista. Eero kääntyi pyörineen takaisin tulosuuntaansa ja kasvihuoneiden läheisyydessä hän pysäytti tytön, aloittaen keskustelun.

Oli kaunis loppukesän ilta ja aurinko paistoi lämpimästi. Eero osasi kehittää sopivan juttutuokion, lukiten kohteensa paikoilleen. Ihan tavallisia asioita Eero puheli, loppujen lopuksi ihan mukavan tuntuinen mies. Minuutti toisensa jälkeen vierähti ajatuksia vaihdettaessa, kunnes Ella totesi illan olevan jo myöhä ja kiirehti asunnolleen. Eerokin nousi pyöränsä selkään ja poistui paikalta.

--------------------

Tien toisella puolella, kartanon pihamaalla pensasaidan suojissa istui puutarhan johtaja Seppo, iltaa viettämässä. Hän oli raskaan työpäivän päätteeksi istahtanut mukavaan puutarhatuoliinsa ja katseli kasvihuoneille päin, kun hän näki Eeron ja Ellan lähestyvän kapeaa hiekkatietä. Hyvässä sovussa rinnakkain pyöräillen, nämä kaksi lähestyivät kasvihuoneiden tienhaaraa. Yksissä tuumin nuori nainen ja vanhempi mies pysähtyivät aukealle juttelemaan, ja juttua tuntui riittävän molemmin puolin.

Hymy levisi Sepon kasvoille ja hän totesi leppoisasti: "Kyllä kesä saa ihmeitä aikaan." Sitten hän sulki silmänsä ja asettui jälleen rennosti tuoliinsa.

# 15.

Kaikki loppuu aikanaan ja niinpä tuli sekin päivä, että Tuire ja Ella olivat viimeistä viikkoa Järvenhelmen puutarhalla harjoittelijoina. Jo maanantai aamuna keskusradio kuulutti: "Tämä on elokuun viimeinen viikko."
"Pitikö muistuttaa", Ella tuhahti.
Keskiviikkona keskusradio kuulutti: "Tämä on elokuun viimeinen keskiviikko."
"Pitääkö sitä sanaa 'viimeinen' toistaa jatkuvasti", Ella puhisi.
Torstaina keskusradio näki aiheelliseksi ilmoittaa: "Tänään on elokuun viimeinen päivä."
"Tiedetään, tiedetään", Ella tuskastui.
Perttiä nauratti. "Onhan se ikävää kun te lähdette", hän sitten sanoi.

Tuire jatkoi hiljaisena työskentelyä, mutta kaikesta saattoi päätellä hänen olevan mielissään siitä, että harjoittelujakso oli saatu päätökseen ja sen jälkeen alkaisi viimeinen vuosi puutarhaoppilaitoksessa, jonka jälkeen he olisivat valmiita puutarhureita.

Yhdessä johtajapariskunnan kanssa tytöt menivät taukotupaan, joka aikaisemmin oli ollut kesätyöntekijöiden käytössä. Kesätyöntekijät olivat nyt lähteneet puutarhalta, kuka minnekin ja niinpä taukohuoneessa oli tilaa juoda tyttöjen läksiäiskahvit. Tässä pienessä yhteisessä hetkessä tytöille annettiin myös harjoitteluajan todistus. Molemmilla tytöillä oli suurin piirtein samat numerot todistuksessaan ja Seppo perusteli tekemäänsä arviota siten, että Tuiren panostus kasvihuoneella oli ollut koko ajan tasaisesti hyvää, mutta Ella aloitti harjoitteluvuotensa hyvin kokemattomana, tehden sen jälkeen huiman kehityksen työpanoksessaan kuluneen vuoden aikana niin, että viimeisinä kuukausina hänen tehtäväkseen voitiin antaa jo hyvin vaativiakin tehtäviä. Seppo oli laskenut todistukseen keskiarvon koko vuoden työpanoksesta. "Olette kehittyviä yksilöitä", Seppo totesi.

Leenalla oli vielä pyyntö. Hän toivoi, että Ella laulaisi heille kaikille jonkin hengellisen laulun. Niinpä Ella haki kitaransa ja mietittyään hetken, alkoi laulaa: "Vain pisara Jeesuksen verta." Hän lauloi laulun läpi ulkomuistista.

Oli hyvästien aika ja tytöt nousivat lähteäkseen. "Nyt Perttikin saa halata", Leena antoi luvan pojalleen, joka oli sen näköinen kuin olisi koko vuoden odottanut juuri tätä hetkeä. Olihan Pertti ollut tytöille sellainen isoveli, koko tämän ikimuistoisen vuoden ajan. Leena pyyhki kyyneleitä silmäkulmistaan ja Seppo kätteli tyttöjä, kiittäen työpanoksesta.

Tuirea odotettiin jo. Hän oli pakannut vähäiset kamppeensa valmiiksi ja kantoi reppunsa veljensä autoon, joka oli vähän aikaa sitten saapunut pihamaalle.

Myös Ella oli pakannut tavaransa ja asetteli parhaillaan kitaraa autonsa takapenkille. Jonkin aikaa oli harjoitteluasunnon edessä seissyt harmaa Mitsubishi merkkinen auto todisteena siitä, että Ella oli läpäissyt autokoulun. Hän oli tallettanut pankkiin koko harjoitteluajan tienestin, voidakseen hankkia ajokortin ja auton. Siinä se nyt oli, sisäänajettu Colt. Vanamo ja Voitto olivat auttaneet häntä auton valinnassa ja heidän mielestään valinta oli onnistunut. Pertti oli tietysti halunnut koeajaa auton aivan tuoreeltaan ja ajon jälkeen hän oli todennut auton hyväksi. Viikkoa aikaisemmin Ella oli hyvästellyt Arjan ja Einen. He olivat pitäneet pienen lähtöjuhlan seurakunnassa, Vanamon valitessa läksiäislauluksi: "Tule Jeesus ja siunaa lastas, on tuulinen maailman tie." Arja oli antanut Ellalle vaaleanpunaisen Gladiuksen oksan, joka oli Ellan mielestä todella kaunis läksiäislahja. Virkeässä kunnossa oleva kukkavarsi oli autossa huolellisesti pakattuna.

Hän tunsi edelleen suurta väsymystä kuluneesta vuodesta. Niin kuin mikään uni ei riittäisi poistamaan kehossa olevaa syvää uupumusta. Mutta hänen oli jatkettava eteenpän.

Ella avasi autonsa oven, istuutui ratin taakse, kiinnitti turvavyönsä ja käynnisti auton. Hitaasti harmaa Colt lipui kasvihuoneiden täyttämältä aukealta pois, viimeistä kertaa. Colt kääntyi tienhaarasta oikealle ja ajoi Vehkalankylän mutkaisen tien loppuun. Saavuttuaan risteykseen, josta hän oli vuoden ajan toistuvasti kääntynyt vasemmalle kohden kaupunkia, hän kääntyikin nyt oikealle, kohden etelää ja tuttuja maisemia, jotka hän oli vuosi sitten jättänyt taakseen, saapuessaan junalla Karhalan rautatieasemalle.

Ella keskittyi tarkkaamaan vastaantulevaa liikennettä. Mitä pidemmälle hän etelää kohden ajoi, sitä tutummaksi maisemat muuttuivat. Hän tunsi suurta helpotusta ja kiitollisuutta selviydyttyään tähänastisen elämänsä suurimmasta koettelemuksesta. Jumala oli ollut uskollinen. Nyt edessä olisivat jälleen uudet haasteet ja avoin tulevaisuus.

## Vuosien jälkeen

Vuosien jälkeen Ellalle selvisi, mikä oli viheltänyt niin voimakkaasti keväisen metsätien varrella ja saanut hänet silloin säikähtämään suunniltaan. Kysymyksessä oli karhun varoitusvihellys. Oli kevät ja karhulla oli todennäköisesti pennut, jonka vuoksi se varoitti lähestyvää pyöräilijää. Karhut juoksevat kuusikymmentäkilometriä tunnissa, joten halutessaan karhu olisi saanut Ellan kiinni. Riski oli siinä vaiheessa suurin, kun tie eteni suoraan varoitusvihellyksen suuntaan. Karhalan metsissä ei tuolloin vielä tiedetty karhuja olevankaan, mutta jo vuoden päästä kantautui tieto näillä alueilla tehdyistä karhuhavainnoista.

Monta vuotta myöhemmin, Ella oli eräässä kaupungissa seurakunnan suurjuhlilla. Hänen takanaan olevalla penkkirivillä istui vanhempi nainen, joka jonkin aikaa tarkkaili Ellaa. Sitten hänen selkäänsä koputettiin ja takana istuva nainen kuiskasi: "Minulla on aivan uusi Raamattu, jota en ole käyttänyt. Olen kokenut sydämessäni, että minun pitää antaa se jollekin. Raamattu on täällä mukanani. Koen, että minun tulisi antaa se sinulle. Otatko tämän?" Nainen ojensi Ellalle kauniin punaisen, nahkakantisen Raamatun.

Ella kiitti ja otti tarjotun lahjan vastaan. Hän tutki Raamattua ihmeissään, sillä se oli juuri samanlainen kuin oli ollut se Raamattu, joka vuosia sitten Karhalan teetuvassa varastettiin häneltä. Tämä Raamattu oli väriltään punainen, mutta siinä oli samanlaiset hakemiston lovet ja vetoketju kuten olivat olleet siinä kalliissa Raamatussa, joka häneltä varastettiin. Ella hymyili. Jumala näköjään palautti lainansa, hän ajatteli huvittuneena. Hän oli joskus kuullut sanottavan, ettei Jumala jää kenellekään velkaa ja tämä oli varmaan nyt sitä.

Mitä oli tapahtunut hänen ruskealle Raamatulleen, sitä hän ei saanut koskaan tietää. Mutta nähtävästi joku tarvitsi sitä ja ajan tullen Jumala korvasi hänen menetyksensä.

Entäs ne rukoukset, jotka eivät saaneet vastausta? Miten paljon he olivatkaan Arjan ja Einen kanssa rukoilleet Vehkalankylän ja Yli-Haapajoen perheen puolesta, mutta turhaan. He olivat myös rukoilleet, että nämä ihmiset saisivat tulla tuntemaan Jeesuksen henkilökohtaisesti. Oliko mitään tapahtunut?

Emmehän me sitä voi tietää, mutta se näytti siltä kuin mitään ei olisi tapahtunut. Ella menetti pitkäksi aikaa luottamuksen rukouksen voimaan, kunnes eräänä päivänä Jumala puhui lempeästi: "Jumalan viljassakin, tähkä on vasta pitkän korren päässä."

Silloin Ella käsitti, ettei se mikä kylvettiin nousisi tähkään heti, vaan kasvattaisi ensin pitkän korren ja vasta vuosien, tai vuosikymmenten jälkeen ja kenties vasta ikuisuudessa, näkyisivät lopulliset työn tulokset.

Erikoista oli sekin, että vuosien jälkeen Ellan asuessa kaukana Karhalasta, yksi Yli-Haapajoen perheenjäsen oli vuosia asunut hänen nykyisen kotinsa lähettyvillä. Niin lähellä, että jos hän olisi heittänyt kiven, se olisi voinut lentää tämän henkilön takapihalle asti. Lieneekö tämäkään ollut sattumaa? Ella ei vain tiennyt asiasta mitään, kunnes Yli-Haapajoki ja Ella sattuivat samaan aikaan parturikampaajalle. Pienen esittelyn jälkeen erikoinen tilanne selvisi Ellallekin.

"Tuo sinun uskosi, se näkyy sinusta aina ulospäin." Vehkalankylältä muuttanut Yli-Haapajoki, totesi heidän erotessaan.

Oli kun menneisyys ja tulevaisuus olisivat merkillisellä tavalla kietoutuneet yhteen. Se mitä Ella oli luullut kuuluvan menneisyyteen, olikin ollut lähettyvillä myös hänen nykyhetkissään.

---------------------------------------------

Niille jotka elävät Jeesuksessa Kristuksessa, menneisyys ja tulevaisuus ja tämä hetki, ovat kaikki yhtä aikaa läsnäolevaa suurta kokonaisuutta.